Wenn der geheime
Park erwacht,
nehmt euch vor
Schabalu
in Acht

Oliver Scherz

Wenn der geheime Park erwacht, nehmt euch vor SCHABALU in Acht

Mit Bildern
von Daniel Napp

Thienemann

Für meine Familie

Inhaltsverzeichnis

Betreten verboten

»Da lang!« Jonathan, Kaja und Mo liefen geduckt durch dichtes Gestrüpp und suchten nach einer Stelle, an der sie nicht entdeckt werden konnten.

Am Zaun hingen alte rostige Schilder. Darauf stand, dass es verboten war, das Gelände zu betreten. Aber der Zauber des Parks wehte wie der Wind durch den Zaun zu den Geschwistern herüber und zog sie unwiderstehlich an.

Durch das Gebüsch hindurch konnten sie die Gondeln eines Riesenrads erahnen. Und einen See mit leeren Booten darauf, die wie Schwäne aussahen und seltsam still durchs Wasser glitten. Auch verfallene Schießbuden, Kassenhäuschen und ein zerrissenes Zelt tauchten hinter Sträuchern auf.

Seit vielen Jahren war der Vergnügungspark schon geschlossen und kaum jemand wusste mehr, warum. Vielleicht waren zu wenige Besucher gekommen. Oder der alte Besitzer hatte ihn nicht gut gepflegt. Den Erwachsenen war das schon lange nicht mehr wichtig. Sie hatten den Park fast vergessen. Für Jonathan, Kaja und Mo aber war es der geheimnisvollste Ort, von dem sie jemals gehört hatten.

Jonathan schaute sich nach einem Wachmann oder Schäferhund um.

»Hier ist es gut. Hier sieht uns keiner«, flüsterte er.

Dass sie längst beobachtet wurden, merkten sie erst nicht. Aber als Jonathan vorsichtig am Draht des Zauns rüttelte, um zu prüfen, wie fest er war, zog ihn seine Schwester schnell zurück: Von der anderen Seite starrte ein Auge zu ihnen herüber. Das Auge eines riesigen Tieres, das hinter dem Gebüsch versteckt war.

»Der ist echt!«, rief Mo viel zu laut und schaute dem Dinosaurier ins offene Maul, das mit langen Zähnen besetzt war.

»Quatsch!«, zischte Jonathan. Doch auch er musste ein zweites Mal hinschauen, um wirklich sicher zu sein.

Es sah aus, als würde ihnen das Auge hinter den auf und ab wehenden Blättern zublinzeln. Dabei war es nur aufgemalt, genau wie die grünen Schuppen.

»Den hat ein Sturm umgehauen«, flüsterte Kaja.

»Oder ein Blitz. So groß, wie der ist.« Jonathan war sich sicher, dass der Dinosaurier im Stehen einmal bis zu den Baumwipfeln gereicht hatte. Jetzt lag er auf der Seite, die langen Beine von sich gestreckt.

»Und wenn er *doch* irgendwie echt ist …«, flüsterte Mo und fühlte Gänsehaut über seine Arme kriechen.

»Mooooo …«, sagte Kaja, als sei er noch zu klein, um mit dabei zu sein.

Mo wischte sich heimlich den Schweiß von den Händen und sah am Zaun hoch. Wie sollte er da rüberkommen?

Doch dann war er auf einmal der Erste, der daran hochkletterte und sich dabei die Hose unterm Knie aufriss. Er hing oben auf dem sich durchbiegenden Maschendraht wie ein Seefahrer auf einem schwankenden Mast und konnte sich kaum halten. Es gelang ihm gerade noch, seine Beine auf die andere Seite zu schwingen. Dann sprang er in die Tiefe.

Kurz darauf landete Kaja neben ihm.

»Du bist eben doch ein Held!«, flüsterte sie ihm zu und rubbelte ihm über den Kopf.

Dabei wirkte sie viel eher wie eine Heldin als er, fand Mo. Mit ihren wild abstehenden Haaren, die sie sich selbst abgeschnitten hatte. Einfach so.

Auch Jonathan zog sich endlich am Zaun hoch. Dabei behielt er weiter alles im Auge und sprang fast lautlos zu seinen Geschwistern hinüber.

»Warte doch mal!«, zischte er Kaja zu, die schon einen Fuß ins Gebüsch setzte.

Er rückte seine Schirmmütze zurecht, mit der er wie ein Anführer aussah, wie er fand. Aber Kaja nahm ihn einfach an der Hand und zog ihn und Mo hinter sich her.

Dann lag der Dinosaurier vor ihnen. In voller Größe. Keinen Meter weit entfernt. Auch aus der Nähe betrachtet hätte man ihn für echt halten können. Aber er war auseinandergebrochen. Einmal in der Mitte durch und einmal auch am Schwanz. So konnten sie sehen, dass er hohl war. Wie eine Blumenvase aus Ton. Tatsächlich wuchsen in seinem Bauch Blumen und Gras. So lange hatte er bereits auf der Erde gelegen.

Es dauerte noch eine Weile, bis sie sich trauten, in ihn hineinzukriechen und durch den großen, hohlen Körper hindurch. Ihr Schreien und Rufen hallte im Dinosaurierbauch wider: »Moooooohoooo … Joonaaaaaathaaaaaaaaaan … Kaaaajaaaaaaa!«

Es war ein ziemlich unheimliches Gebrüll. Dann lachten sie ihre kribbelnde Angst einfach weg und fühlten sich wie Drachentöter. Sie hatten den Dinosaurier erobert. Selbst Jonathan vergaß in diesem Moment, an Wachmänner und Schäferhunde zu denken, und lachte laut mit den anderen mit.

Am Schwanz krochen sie wieder aus dem Dinosaurier hinaus und sahen, dass er quer über Schienen lag.

Vor vielen Jahren war auf ihnen eine Eisenbahn durch den Vergnügungspark gefahren. Sie hatte Kinder zur Wildwasserbahn oder Schiffsschaukel gebracht. Inzwischen verrostete sie auf den Gleisen.

Die drei flüsterten jetzt nur noch. Der ganze Park lag da wie in einem tiefen Schlaf: Ein Karussell stand in wucherndem Unkraut. Mit zersplitterten bunten Lämpchen unter dem Dach und einem einsamen

Elefanten auf der Drehscheibe. Die anderen Karussellfiguren waren verschwunden. Vielleicht hatte sie jemand geklaut?

Mitten im Wald führten die Schienen einer Achterbahn durch ein weit aufgerissenes Tigermaul in einen dunklen Tunnel hinein.

Mo malte sich aus, wie es wäre, durch das Tigermaul in den Tunnel zu klettern und den Schienen nachzukriechen. Aber er sagte lieber nichts davon. Vielleicht hätte es Kaja sonst wirklich gemacht. Es war schon alles aufregend genug. Es war sogar noch viel spannender, als mit Kaja und Jonathan im Bett zu liegen und ihren Gruselgeschichten zuzuhören. Mo ließ sich einfach von seinen Geschwistern mitziehen, bis sie sich nicht mehr entscheiden konnten, wohin sie gehen sollten.

Ein alter Wegweiser vor ihnen zeigte in verschiedene Richtungen. Zum Märchenschloss, zum Riesenland, zur Dinosaurierwelt, zum Piratensee.

Schließlich schlugen sie den Weg zur Westernstadt ein und lauschten dem Knirschen der Kiesel unter den Schuhen.

Früher waren sicher viele Kinder über die Wege gelaufen. Jetzt waren sie die Einzigen hier! Die Einzigen, die sich über den Zaun getraut hatten!

Über dem Eingang zur Westernstadt hing ein breites Holzschild mit eingebrannten Buchstaben. GOLDGRÄBERSTRASSE stand schwarz darauf geschrieben. Am Anfang der sandigen Straße, die durch ein ganzes Kulissendorf führte, gab es einen Saloon. Einen echten Westernsaloon aus Holz, mit Schwingtüren und einer Wassertränke für Pferde davor.

Kaja wischte ein kleines Loch in den Schmutz

auf einer Fensterscheibe und spähte hindurch. Drinnen war es ziemlich dunkel. Mo fragte sich, wie viele Spinnenweben es wohl im Saloon gab, wenn draußen schon so viele hingen.

Sein großer Bruder sah besorgt die Straße hinunter. Jeden Moment konnte ein Wachmann um die Kurve biegen und sie erwischen. »Vielleicht ist es drinnen sicherer«, sagte er und drückte mit einer Hand langsam gegen die Schwingtür, bis sie knarrend nachgab.

Im Saloon mussten sie sich erst einmal an das schummrige Licht gewöhnen. Die Luft war staubig und roch nach feuchtem Holz. Über ihnen hingen Kronleuchter mit abgebrannten Kerzen, vor ihnen an der Wand Gewehre, Kutschräder und Büffelfelle.

Kaja schlich umher und strich mit ihren Fingern über die Felle. Sie fühlten sich nach einer Zeit an, in der es noch richtige Helden gab. Wie Cowboys, zum Beispiel, die Gefangene befreiten oder auf Pferden Büffel jagten ...

»Ihr habt hier nichts zu suchen!!«

Kaja riss den Kopf herum und sah zu Jonathan hinüber. Vielleicht hatte er seine Stimme verstellt, wie er es manchmal aus Spaß machte. Aber Jonathan starrte stumm zur Theke, an der ein Cowboy saß. Sein Hut war tief heruntergezogen und warf einen Schatten auf die Augen. Trotzdem konnte man sehen, dass das Gesicht aus Holz geschnitzt war. Dieser Cowboy gehörte in den Saloon wie die Gewehre und Kutschräder an der Wand. Er hatte bestimmt schon immer dort gesessen. Dass er gesprochen haben könnte, war völlig ausgeschlossen.

Da bemerkte Kaja, dass der Staub zwar fingerdick auf der

Theke lag, doch weder auf dem Hut noch auf den Schultern des Cowboys war ein Staubkorn zu sehen.

Auf der Theke stand eine Whiskyflasche und vor dem Cowboy ein halbvolles Glas. Es war frisch geputzt. Warum war es nicht auch staubig, wenn es so lang hier gestanden hatte?!

Kaja rieb sich die Augen, weil sie plötzlich glaubte, die Hand des Cowboys greife nach dem Glas. So langsam, dass man es kaum merkte. Und genauso langsam führte die Hand es kurz darauf zum Mund.

Auch Jonathan und Mo sahen, wie der Cowboy das Glas in einem Zug leerte! Dann drehte er sich auf seinem Hocker halb zu ihnen um, sodass sie den Sheriff-Stern gut sehen konnten, der an seiner Brust hing.

»Geht nach Hause! Dieser Ort ist für euch *verboten*!« Die Stimme des Sheriffs klang knarzig wie die rostige Schwingtür des Saloons. Er knallte das Glas zurück auf die Theke, setzte seine Stiefel auf den Boden und stand auf.

Im Stehen war er fast vier Köpfe größer als Kaja. Er war hager und lang wie ein knorriger Baum. Die Falten auf seiner Stirn waren tief. Wie in Holz gekerbt. Er schaute sorgenvoll und streng zugleich. Und in seinem breiten Gürtel steckte eine Pistole.

Während der Sheriff an Jonathan, Kaja und Mo vorbeischritt, standen sie steif da, als wären *sie* aus Holz geschnitzt und hätten schon ewig dort gestanden. Der Sheriff beachtete sie nicht weiter und sie sahen aus den Augenwinkeln, dass er zu der hinteren Schwingtür lief. Mit einem einzigen Fußtritt stieß er sie auf und verschwand aus dem Saloon.

Dann hörten sie von draußen das Knirschen der Stiefel und

lautes Wiehern. Sie hörten, wie der Sheriff sich auf ein Pferd schwang und wie Hufe auf den Boden stampften. Danach trabte das Pferd davon …

Die Kinder sagten kein Wort. Sie standen immer noch regungslos da. Bis Kaja einen Schritt auf die Schwingtür zumachte, durch die der Sheriff gegangen war.

»Kaja!«, flüsterte Jonathan warnend. Dabei wollte er genauso dringend wissen wie sie, ob der Sheriff noch zu sehen war oder ob sie ihn sich nur eingebildet hatten.

Schließlich schoben sie sich alle zusammen durch die Tür: Hinter dem Saloon erstreckte sich eine Prärie! Auf vertrockneten Bäumen saßen Geier. Und weit hinten ritt tatsächlich der Sheriff auf seinem Pferd!

Was sie aber noch mehr zum Staunen brachte, waren die drei Ponys, die hinter dem Saloon auf und ab trotteten und einzelne gelbe Grashalme aus dem trockenen Boden zupften. Mit ihrer bunten Bemalung sahen sie aus, als hätten sie einmal auf dem Karussell im Park gestanden. Wie schillerndes Porzellan glänzten sie in der Sonne. Dabei bewegten sie sich weich und geschmeidig auf ihren kurzen Beinen.

Kaja schlich langsam auf die Ponys zu. Sie konnte gar nicht anders. Eines von ihnen begrüßte sie mit nickendem Kopf. Es ging sogar auf die Knie, um ihr das Aufsteigen zu erleichtern.

»Ich glaube, wir sollten besser zurück …«, flüsterte Jonathan hinter ihr.

»Auf keinen Fall!« Kaja nahm die goldenen Zügel ihres Ponys in die Hand. Sie hatte sich auf der Stelle in das Pferdchen verliebt.

»Der Sheriff hat gesagt, dass wir hier nichts zu suchen haben!«, rief Jonathan.

»Na und?« Kaja fuhr herum. »Gerade deshalb!«

Etwas so Eigenartiges wie dieser Sheriff war ihr noch nie begegnet. Sie wollte hinter ihm her. Unbedingt. Vielleicht würde er ihr zeigen, wie man mit einer Pistole schoss. Oder er nahm sie alle zusammen in den Wilden Westen mit. Sie mussten ihn nur dazu überreden.

»Ich will auch nicht zurück!«, sagte Mo, der am liebsten auf dem Pony mit der blauen Mähne reiten wollte.

»Komm schon, Jonathan«, rief Kaja.

»Für Mo ist das zu gefährlich.«

»Ist es nicht!«, rief Mo und kletterte auf das Pony.

»Wir wissen doch gar nicht, wo es langgeht!«, sagte Jonathan.

»Aber der Sheriff weiß es!« Kajas Augen blitzten auf.

Gegen dieses Blitzen kam Jonathan nie an. Er wusste schon, dass er später wieder alles würde erklären müssen, wie immer. Warum er Kaja nicht zurückgehalten hatte, warum der kleine

Mo dabei gewesen war, warum er als Ältester nicht vernünftiger sein konnte … Und den strengen Blick des Sheriffs hatte er auch nicht vergessen.

»Okay. Aber ich bestimme, wann wir umkehren!«, sagte er, lief zum dritten Pony und sprang auf.

»Yippiiie yeah!«, jubelte Kaja.

Sie gaben ihren Pferdchen einen Klaps. Dann ritten sie dem Sheriff hinterher, hinaus in die staubige Prärie …

Goldgräberfieber

Die Ponys trugen die Geschwister ganz sicher auf ihren glänzenden Rücken. Und ihre kurzen Beine waren schneller als gedacht.

Es dauerte nicht lange, da hatten Jonathan, Kaja und Mo den Sheriff fast eingeholt. Der Staub, den sein Pferd hinter sich auf-

wirbelte, stieg ihnen schon in die Nase und sie hörten das Klirren der silbernen Sporen an den Stiefeln.

Mit einem Ruck brachte der Sheriff sein Pferd auf einmal zum Stehen und die Geschwister mussten die Zügel ihrer Ponys schnell anziehen, damit sie nicht mit ihm zusammenstießen.

»Ich habe gesagt, dass ihr nach Hause gehen sollt!«, schnarrte der Sheriff, ohne sich umzudrehen.

»Aber Sie können uns doch mitnehmen!«, rief Kaja.

Jonathan wollte nicht glauben, dass sie dem Sheriff einfach widersprach!

»Ich kann euch nicht gebrauchen! Hier geht schon genug durcheinander. Ihr habt mir gerade noch gefehlt!« Der Sheriff zeigte mit einem knorrigen Finger

auf ein Erdloch. »Heute ist auch noch das Goldgräberfieber bei uns ausgebrochen!«

Aus dem Loch wurde Erde geschleudert und der Kopf eines Indianers guckte hin und wieder daraus hervor. Auch der Indianer war wie der Sheriff aus Holz geschnitzt und trotzdem sehr lebendig. In der einen Hand hielt er eine Schaufel. Mit der anderen wischte er sich den Schweiß und die schwarzen Haare aus dem Gesicht. Als er den Sheriff bemerkte, schaute er grimmig zu ihm herüber. Dann verschwand er schnell wieder im Loch, um weiter darin zu graben.

Erst jetzt entdeckten die Geschwister die vielen anderen Löcher in der Prärie, in denen kräftig geschaufelt wurde. Aus manchen schaute ein Cowboyhut heraus, aus anderen der Federschmuck eines Indianers.

»Und all das wegen Schabalu!«, knurrte der Sheriff und schnaubte zusammen mit seinem Pferd. »Er hat zum Spaß einen Schatz vergraben. Schabalu macht alle verrückt!«

Der Sheriff sprach den Namen aus, als würde er abscheulich schlecht schmecken. Er zog die Mundwinkel so weit nach unten, dass Mo sich nicht traute zu fragen, wer oder was Schabalu war.

»Wir könnten den Schatz doch mitsuchen«, schlug Kaja vor.

Aber der Sheriff warf ihr einen scharfen Blick zu. »Ich sage es zum letzten Mal: Ihr habt hier *gar* nichts zu suchen! Geht nach Hau-«

In diesem Moment hörten sie Holz mit einem gewaltigen Krach zersplittern. Sie alle rissen den Kopf herum: Am Horizont, wo Himmel und Prärie sich trafen, klaffte nun ein riesiges Loch! Und die Geschwister verstanden auf einmal, dass sie auf eine Kulissenwand aus Holz schauten. Auf die Wand waren der Himmel, die Kakteen und die vertrockneten Bäume gemalt, die sie eben noch für echt gehalten hatten. Und durch diese Kulissenwand hindurch waren zwei Dinosaurier gebrochen. Sie stürzten hintereinanderher und brüllten so laut, dass auch die Cowboys und Indianer erschrocken aus ihren Erdlöchern guckten.

»Gib es her! Das ist meins!!«, brüllte der hintere und größere der beiden.

Die kurzen Arme mit den Klauen hatte er nach vorn gestreckt, während der andere mit weiten Sprüngen vor ihm floh. Er war zwar kleiner, konnte aber schnelle Haken schlagen, mit denen er seinem Verfolger immer wieder entwischte.

»Nein! Es ist meins, meins, meins«, keuchte er.

»Stehen bleiben!!«, schrie der Sheriff.

Aber die Dinosaurier jagten sich einfach weiter, im Zickzack zwischen den Erdlöchern durch.

Da drückte der Sheriff seinen Hut fest auf den Kopf. »Hüa!!!«, schrie er seinem Pferd zu und preschte ihnen hinterher.

»Hüa!!!«, schrie auch Kaja und presste die Hacken ihrer Schuhe in die Seiten des Ponys, bis es dem Sheriff nachgaloppierte.

Auch wenn der Sheriff doppelt so schnell ritt wie sie und ihr schon weit voraus war, konnte Kaja sehen, wie er ein Lasso über dem Kopf schwang. Ein langes Lasso mit einer Schlinge, die immer größer wurde, je länger er sie über sich kreisen ließ. »Stehen bleiben!!«, schrie er und schleuderte das Lasso durch die Luft. Und schon bei diesem ersten Versuch gelang es ihm, die Schlinge so über die Köpfe der Dinosaurier zu werfen, dass er sie beide gleichzeitig einfing. Er zog die Schlinge zu und sein Pferd rammte mitten im Galopp die Hufe in den trockenen Boden.

Durchgeschwitzt und außer Atem erreichte Kaja den Sheriff. Ihre Haare klebten an der Stirn oder standen wirr ab. Mit staubverschmiertem Gesicht sah sie zu den Dinosauriern hinüber, die sich wild auf dem Boden wälzten wie zwei übergroße, spielende Hunde. Dabei riss der größere dem kleineren einen dicken weißen Klumpen aus den Klauen.

»Aufhören!!«, schrie der Sheriff und die Dinosaurier reckten verärgert ihre Köpfe aus der Staubwolke, die sie umgab.

»Wir machen doch bloß Spaß …«

»Soll das ein *Spaß* sein?!«, blaffte der Sheriff und zeigte auf das Loch in der Kulissenwand, vor dem zersplitterte Holzstücke lagen.

Die Dinosaurier schauten zum Loch, als hätten sie nichts damit zu tun.

»Los! Hoch mit euch!« Der Sheriff zog heftig am Lasso und sein Pferd zog mit aller Kraft mit, bis die Dinosaurier fluchend auf die Beine kamen.

Der Kräftigere der beiden war im Stehen doppelt so groß wie der Sheriff auf seinem Pferd. Das beeindruckte den aber wenig.

»Was hältst du da hinter dem Rücken versteckt?!«, fragte er und kniff die Augen zusammen.

»Nichts …«

»Zeig mir sofort, was du da versteckt hältst, sonst …« Der Sheriff zog seine Pistole und der große Dinosaurier schluckte so laut, dass es klang, als wäre ein dicker Stein in einen tiefen Brunnen gefallen. Dann holte er die Klaue mit dem weißen Klumpen langsam hinter dem Rücken hervor.

»Woher hast du das weiße Gold?!«, herrschte der Sheriff ihn an.

»Von … von … von Schabalu. Er hat es mir geschenkt …«

»Er hat es *mir* geschenkt!«, keifte der andere Dinosaurier.

»Nein, mir!!«

»Nein, mir!!!«

Inzwischen waren auch Jonathan und Mo angekommen. Mo klammerte sich fest an die blaue Mähne seines Ponys. So nah war er lebenden Dinosauriern noch nie gewesen. Sie sahen zwar fast aus wie der, den sie hinter dem Zaun entdeckt hatten. Und ihre Schuppen hätten gut und gerne nur aufgemalt sein können. Aber dass sie innen hohl waren, glaubte Mo nicht. Viel zu kraftvoll schlugen sie mit ihren Schwänzen um sich und viel zu fleischig waren ihre starken Beine.

»Schabalu hat euch das weiße Gold also geschenkt!«, stellte der Sheriff wutschnaubend fest und Jonathan bemerkte, wie ringsherum die Indianer und Cowboys den weißen Klumpen anstarrten. Sie steckten ihre Schaufeln in die Erde und kletterten aus ihren Löchern. Alle kamen sie angelaufen und stellten sich breitbeinig vor dem Sheriff auf.

»Wir wollen auch weißes Gold!«, rief ein Cowboy.

»Wir auch!!«, schrien die Indianer.

Gleich mehrere Cowboys legten ihre Hände auf den Griff ihrer Pistolen und die Indianer umklammerten ihre Messer.

Da schoss der Sheriff zweimal in die Luft und sein Pferd bäumte sich wiehernd auf.

»Gib mir das weiße Gold!«, befahl er dem Dinosaurier.

»Aber es gehört doch *mir*!«, keuchte der.

»Nein *mir*!!«, brüllte der andere.

Der Sheriff zog die beiden mit dem Lasso bedrohlich dicht zu sich heran. »Her mit dem Gold, habe ich gesagt!« Er blickte dem größeren Dinosaurier so lang und streng in die Augen, bis der den weißen Klumpen in seine Hand fallen ließ.

Der Klumpen sah aus wie ein riesiges Stück Würfelzucker, an dem schon große Zungen geschleckt hatten.

Der Sheriff brach zwei Brocken davon ab. »Die sind für euch, mehr kriegt ihr nicht«, sagte er und gab sie den Dinosauriern, die wütend danach griffen. Den Rest des Klumpens klemmte der Sheriff sich fest unter den Arm.

»Wir wollen endlich auch was vom Gold!!«, schrien die Cowboys.

»Der Rest gehört aber uns!«, brüllten die Indianer und begannen mit ihrem wilden Kriegsgeheul.

Und wieder schoss der Sheriff zweimal in die Luft.

»Haltet den Mund!«, schrie er. Dann warf er Jonathan das Ende seines Lassos zu. »Junge! Du wirst gebraucht. Du bringst die Dinosaurier zurück in ihre Welt, verstanden?! Ich bleibe hier und behalte die Meute im Auge.«

Jonathan umklammerte das Ende des Seils.

»Los, mach schon!«, befahl der Sheriff.

Da stieg Jonathan langsam von seinem Pony ab. Er sah zum Loch in der Kulissenwand hinüber und überlegte, wie lang er mit den Dinosauriern auf dem Weg dorthin allein sein würde.

Sein Mund wurde trockener als der staubige Boden. Aber er nickte dem Sheriff tapfer zu. Dann packte er das Seil mit beiden Händen und ging zögernd voran.

»Hüa!«, rief Kaja und riss ihr Pony an den Zügeln herum. Sie wollte Jonathan helfen!

Aber der Sheriff ritt ihr in den Weg. »Euch beide brauche ich hier!«, knurrte er und zeigte auf sie und Mo, der seinem Bruder beklommen nachsah.

Nachdem Jonathan das erste Stück zurückgelegt hatte, war sein Hemd schweißnass. Der Boden zitterte unter den Füßen der schweren Tiere und er glaubte, ihren heißen Atem in seinem Rücken zu spüren. Aber er ging aufrecht. Niemand sollte denken, er hätte Angst. Weder der Sheriff, noch Kaja und Mo. Und die Dinosaurier erst recht nicht.

Da beugte einer der beiden seinen Kopf tief zu ihm herunter. »Du willst uns doch nicht wirklich zurückbringen, oder?«, hauchte er ihm von hinten ins Ohr und roch dabei aus dem Maul nach Hunger oder schlechter Laune. »Es wäre doch viel lustiger, wenn wir eine kleine Runde drehen würden. Du darfst auch auf mir reiten. Auf einem Pony hoppeln kann jeder. Auf einem Dinosaurier reiten, das ist was für Abenteurer. Du bist doch ein Abenteurer, oder?«

Jonathan stellte sich taub. Schritt für Schritt ging er weiter geradeaus und wendete den Blick nicht von dem Loch in der Wand ab.

»Komm schon … Der Sheriff

würde uns nicht mehr kriegen. Lass uns was zusammen erleben …«

»Ja, genau, lass uns was erleben … vergiss den Sheriff«, raunte ihm jetzt auch der andere Dinosaurier ins Ohr.

Jonathan blinzelte über seine Schulter zurück. Es stimmte:
Der Sheriff war schon viel zu weit entfernt, um sie noch ein-
holen zu können. Auch Kaja und Mo waren nur noch kleine
Punkte.

Kaja würde auf dem Dinosaurier reiten, schoss es Jonathan
durch den Kopf. Sie würde das machen, bestimmt.

»Wir können uns auch losreißen, wenn du nicht mitwillst.« Eine Klaue zog leicht am Lasso. »Also, was ist?«

Die Dinosaurier grinsten schief und zwinkerten Jonathan zu.

Und auf einmal wusste er, dass er auf keinen Fall nachgeben durfte.

»Ihr gehört hier nicht hin und ich bringe euch zurück!«, rief er mit möglichst fester Stimme.

»Du willst wohl ein kleiner Sheriff sein, was?!«

Und Jonathan klang tatsächlich fast wie der Sheriff, als er sich umdrehte: »Ich sage es noch einmal: Ich bringe euch zurück!«

Die Dinosaurier hoben verblüfft ihre Köpfe und verstummten für einen Moment. Dann zog Jonathan sie mit doppelter Kraft hinter sich her.

»Blöder Spielverderber!«

»Der versteht keinen Spaß …«, meckerten sie hinter seinem Rücken. Aber keiner der beiden wagte es, ihm noch einmal zu nahe zu kommen.

Kurz bevor sie das Loch erreichten, zerrissen sie mit einem einzigen Ruck die Schlinge und befreiten ihre Hälse vom Seil. Als wollten sie Jonathan zeigen, wie leicht es für sie gewesen wäre, ihm zu entkommen.

»Fang mich doch!«, fauchte der Kleinere dem Größeren zu und sprang durchs Loch in seine Welt. Der Größere brüllte noch einmal auf, dann jagte er ihm hinterher.

Jonathan sah durch das Loch, wie sie zwischen Büschen und Bäumen verschwanden. Er hörte seltsames Vogelgeschrei und Krächzen. Und auch dumpfes Grummeln aus dem tiefen Wald.

Dann rannte er, so schnell es ging, zu den anderen zurück.

Mo sprang ihm um den Hals und ließ ihn nicht mehr los.

Kaja boxte ihm stolz auf den Arm. Sie war genauso froh wie Mo, ihn wieder bei sich zu haben.

Gerade wollte sie ihn ausfragen, wie er den weiten Weg geschafft hatte und was durch das Loch zu sehen war, als der Sheriff seine Stimme erhob.

»Hört alle her!«, rief er den Cowboys und Indianern zu. »Ihr gebt euch mit eurem Anteil zufrieden, kapiert?!«

Er hatte den Rest des weißen Zuckerklumpens in kleine Stücke gebrochen. Sie waren gerade noch groß genug, um eine Tasse Tee oder Kaffee damit zu süßen. Mit Kajas und Mos Hilfe hatte er die vielen Stückchen an die Indianer und Cowboys verteilt.

»Eure Stücke sind gleich groß«, rief er jetzt. »Also kein Grund zum Streiten! Und mit der Schatzsucherei ist es für heute vorbei. Geht zurück in eure Hütten und Zelte!«

Die Meute murrte vor sich hin. Der eine oder andere spuckte enttäuscht oder wütend auf den Boden. Manche verglichen die Größe ihrer Zuckerstückchen ganz genau. Aber dann schlurften sie wirklich alle auseinander und gingen ihrer Wege.

Zufrieden drehte der Sheriff sich zu den Geschwistern um. »Vielleicht kann ich euch doch gebrauchen. Ihr seid aus gutem Holz geschnitzt«, knarzte er und steckte seine Pistole wieder in den Gürtel. Dabei sah er Jonathan fest in die Augen. »Und du hast den Mut eines Mannes.« Er nickte langsam. »Ja, den Mut eines Mannes. Ich mache dich zu meinem Ersten Hilfssheriff.«

Er holte einen goldenen Hilfssheriff-Stern aus seiner Hosentasche und stapfte zu Jonathan hinüber. Dann klopfte er ihm auf die Schulter und befestigte den Stern über der Brust am Hemd.

Jonathans Gesicht wurde heiß. Er schaute nach unten auf seinen Hilfssheriff-Stern und sah ihn in der Sonne blitzen. Er fand ihn wunderschön.

Kurz darauf ritten die Geschwister wieder hinter dem Sheriff her. Der Geruch der Pferde und des vertrockneten Grases stieg ihnen in die Nase, während Jonathan von seinem Erlebnis mit den Dinosauriern erzählte.

Mo sah zwischen Jonathan und dem Sheriff hin und her und wusste nicht, wen er mehr bewundern sollte. Er saß kerzengerade auf seinem Pony, weil es der Sheriff auch so machte, und lutschte das kleine Zuckerstück, das er sich heimlich eingesteckt hatte.

Dabei summte er immer wieder fröhlich vor sich hin: »Schabalu, Schabala, Schabalubilabilu …«

Am Ende der Prärie ragte eine breite Gebirgswand in die Höhe. Die Spitzen der Berge waren weiß wie Schnee und die Felsen so steil und glatt, dass man nicht daran hochklettern konnte.

Kaja fragte sich schon, wie sie jemals über das Gebirge kommen sollten.

Da sprang der Sheriff von seinem Pferd, zog es neben sich her und öffnete eine Tür am Fuß des Gebirges. Eine ganz normale Tür mit Klinke.

»Folgt mir!«, rief er den Geschwistern zu. »Und zieht den Kopf ein!«

Der Sheriff und sein Pferd bückten sich, um durch die Tür

in den kleinen Tunnel zu gelangen, der in das Gebirge hinein-
führte. Jonathan, Kaja und Mo konnten auf ihren Ponys sitzen
bleiben und brauchten sich nur zu ducken. Dann waren auch
sie in dem Tunnel verschwunden …

Das Riesenland

Der Tunnel war keine fünf Meter lang. Und doch sah dahinter alles anders aus als davor. Die Welt, in die er geführt hatte, war nicht mehr sandig, braun und trocken, sondern grün und saftig.

Der Sheriff und die drei Geschwister ritten durch einen Wald, in dem die Bäume so weit hinauf in den Himmel wuchsen, dass man ihre Spitzen kaum sah. Und nur ein Riese hätte seine langen Arme um ihre dicken Stämme schlingen können. An vielen Stellen schossen Pilze aus dem Boden, die so groß waren, dass der Sheriff unter ihren Schirmen herreiten konnte, ohne den Hut abnehmen zu müssen.

»Wo sind wir hier?«, fragte Jonathan.

»Im Riesenland.« Der Sheriff sah sich misstrauisch um.

Es dauerte nicht lange, da führte er die kleine Gruppe vom Weg ab und ritt auf ein dichtes Gestrüpp zu.

»Hab ich es mir doch gedacht! Na warte!«, sagte er, sprang von seinem Pferd und zerrte mit all seiner Kraft an dem Gestrüpp.

»Au!«, ertönte eine tiefe, dumpfe Stimme.

Der ganze Gestrüpphaufen kam in Bewegung und entpuppte sich als Kopf eines Riesen, der sich zu ihnen drehte. Die zerzausten Haare sahen aus wie verknotete Sträucher und die Nase schaute aus dem Gesicht hervor wie ein Felsbrocken.

Breiter als ein dicker Baumstamm lag der Riese vor ihnen auf einer Lichtung.

»Lass mich doch schlafen …«, brummte er.

»Was liegst du hier faul rum!«, schimpfte der Sheriff.

»Nur ein bisschen noch … ist grade so gemütlich …« Der Riese gähnte und sog dabei wie ein mächtiger Staubsauger ein paar Blätter vom Boden ein. Aber es störte ihn nicht. Er räusperte sich nur kurz, dann schloss er seine Augen wieder.

»Steh auf!«, rief der Sheriff. »Hab ich nicht gesagt, ihr sollt das Gebirge reparieren!« Er zeigte auf einen Berg, der hinter den Bäumen aufragte und dessen Spitze abgebrochen war.

»Ich mach ja nur 'ne kleine Pause«, brummte der Riese, ohne die Augen noch einmal zu öffnen.

»Geh an die Arbeit!«, befahl ihm der Sheriff.

Aber der Riese bewegte sich nicht.

In diesem Moment hörte Kaja eine Melodie, die aus dem Wald zu ihnen drang. Auch Jonathan und Mo spitzten die Ohren. Es klang nach einer Spieluhr oder einem Leierkasten. Und was der Sheriff nicht geschafft hatte, das schaffte die Melodie im Nu: Der Riese rappelte sich hoch und sprang auf die Beine, als hätte er auf nichts anderes gewartet. Dabei stieß er sich den Kopf am Ast einer Baumkrone. Er war noch viel größer, als Mo gedacht hatte!

»Bin gleich wieder da …«, dröhnte der Riese. Ohne den zornigen Blick des Sheriffs weiter zu beachten, stampfte er so hastig zwischen den Bäumen davon, dass die Blätter von den Zweigen fielen.

Die drei Geschwister starrten ihm nach. Die Melodie zog auch sie merkwürdig an. Dazu verbreitete sich ein süßer Duft und kitzelte sie verlockend in der Nase. Bevor sie nachdachten, sprangen sie von den Ponys ab und liefen dem Riesen hinterher.

»Hiergeblieben!«, befahl der Sheriff.

Aber die drei rannten einfach weiter den tiefen Fußstapfen des Riesen nach.

»Da sind noch mehr von ihnen!!«, rief Kaja außer Atem.

Der ganze Wald schien sich zu bewegen! Von überallher eilten Riesen zwischen den Bäumen hindurch. Sie hatten die Köpfe eingezogen, damit die Zweige und Äste der Baumwipfel nicht in ihre Gesichter peitschten, und bogen ganze Stämme zur Seite, um schneller voranzukommen.

An einer Wegkreuzung reihten sie sich zu einer langen Schlange auf. Auch der Riese von der Lichtung stellte sich hinten an.

Als Jonathan, Kaja und Mo ihn erreicht hatten, hörten sie die Melodie ganz nah und deutlich und der süße Duft lag schwer in der Luft.

Weil sie von so weit hinten nichts sehen konnten, mogelten sie sich an den stammdicken Beinen der Riesen vorbei, die unruhig von einem auf den anderen Fuß traten.

Am Anfang der Schlange kam ein Wagen zum Vorschein, von dem die Melodie ausging und der den süßen Duft verströmte. Es war ein Zuckerwattewagen, wie ihn die Kinder von der Kirmes kannten. Nur war er unfassbar groß und reichte den Riesen bis zu den Bäuchen. Um ihn herum wuselten Zwerge, mindestens zwanzig Stück, die den Wagen an dicken Seilen bis hierher gezogen und geschoben haben mussten. Obwohl Schweiß aus ihren roten Mützen in ihre weißen Bärte tropfte, lächelten sie breit übers ganze Gesicht und kicherten unentwegt. Jetzt kletterten sie einander auf die Schultern. Zwerg auf Zwerg, einer auf den anderen. Immer höher hinauf, der großen Zuckerwattetrommel auf dem Wagen entgegen.

Mo sah an dem wachsenden Zwergenturm hoch. Weit oben wurde die Zuckerwatte schon in dicken Wolken aus der Trommel geschleudert. In alle Richtungen flog sie davon. Auf den Blättern entlang des ganzen Weges, den die Zwerge gekommen waren, lagen weiße Wolkenhaufen und glitzernde Flocken. Als hätte es geschneit.

Die Riesen zupften die Zuckerfetzen schon ungeduldig aus den Bäumen und stopften sie sich in den Mund. Auch Jonathan, Kaja und Mo hätten liebend gern davon probiert. Aber die weiß bedeckten Blätter waren für sie unerreichbar hoch. Die drei konnten nur die Zuckerfäden einfangen, die wie silberne Spinnweben überall durch die Luft schwebten. Das war nicht wirklich viel, aber sie schmeckten fantastisch!

»Wer will noch mal, wer hat noch nicht?!«, rief der oberste Zwerg des Zwergenturmes wie ein Marktschreier.

Der erste Riese in der Reihe brach einen Ast von einem Baum und rührte damit in der Trommel herum, bis ein fetter Batzen Zuckerwatte daran klebte.

»Wer will noch mal, wer hat noch nicht?!«, rief der Zwerg immer wieder und achtete darauf, dass alles gerecht zuging, während ein Riese nach dem anderen sich eine Zuckerwatte drehte und sich damit in den Wald verzog.

Auch der Riese von der Lichtung kam an die Reihe und steckte einen Ast in die Trommel. Dann schlenderte er mit seiner Zuckerwatte den Weg zurück, den sie gekommen waren.

Die Kinder blieben ihm dicht auf den Fersen und hofften darauf, dass vielleicht ein paar süße Flocken zu ihnen herabsegeln würden. Aber der Riese achtete sehr genau darauf, dass das nicht geschah. Er schleckte so sorgfältig an seiner Watte wie an einem schmelzenden Eis, von dem kein wertvoller Tropfen verloren gehen durfte. Er schleckte und schleckte, bis sie wieder bei der Lichtung waren.

Der Sheriff saß inzwischen auf einem Stein und schaute grimmig vor sich hin.

Mo rannte zu ihm und erzählte von den Zwergen und den vielen Riesen. Vor allem aber vom großen Wagen.

»Der war soooooo groß!« Mo riss die Arme hoch und zeigte in den Himmel. »Und die Watte ist durch die Luft geflogen! Wie Wolken!!!«

»Ich weiß«, knurrte der Sheriff nur trocken und schaute zum Riesen auf. »Es wird dunkel und wir müssen ein Feuer anzünden. Mach dich nützlich! Hol uns Feuerholz!«

»Gleich …«, brummte der Riese in seine Zuckerwatte hinein.

»Nein, auf der Stelle!!«, sagte der Sheriff in einem Ton, der keinen Widerspruch erlaubte.

»Mann, Sheriff!«, maulte der Riese.

Er hängte seine Zuckerwatte ganz vorsichtig in eine hohe Astgabel, damit sie niemand erreichen konnte. Dann stapfte er zu einem halb verdorrten Baum und rupfte ihn mit einer Hand aus. Den Stamm und die Äste brach er in Stücke und warf den ganzen Haufen mit Schwung auf die Lichtung, sodass der Sheriff zur Seite springen musste. Danach war die Lichtung bis an den Rand mit Holz gefüllt.

»Also gut!«, sagte der Sheriff wütend. »Dann machen wir eben ein *großes* Feuer.«

Er zündete ein Streichholz an der Sohle seines Stiefels an, hielt es an einen Büschel trockener Blätter und schon wenig später brannte das Feuer lichterloh.

Der Riese hockte sich vor die Flammen und schleckte seine Watte auf, bevor sie in der Hitze schmolz.

»Kannst du uns nicht was abgeben?«, fragte Kaja.

Aber der Riese nahm einen weiteren Mund voll und schüttelte bloß den Kopf.

»Das Gebirge wird morgen früh repariert!«, sagte der Sheriff zu ihm. »Morgen früh, merk dir das!!«

»Ja, ja …«, brummte der Riese, ohne wirklich zuzuhören.

Als keine einzige Zuckerflocke mehr übrig war, gähnte er breit und satt. Dann kippte er gemütlich nach hinten, die Füße zu den wärmenden Flammen gestreckt, und schlief augenblicklich ein.

Der Sheriff setzte sich vor dem nackten Fuß des Riesen auf den Boden und lehnte seinen Rücken an dessen dreckige Sohle.

»Das ist alles Schabalus Werk«, murmelte er und starrte in die Flammen. »Keiner tut mehr, was er tun soll. Jeder macht das, wozu er gerade Lust hat, und lässt sich von Schabalu um den Finger wickeln …«

Schon wieder Schabalu …, dachte Mo verwundert und setzte sich zwischen Jonathan und Kaja auf die warme Erde. Jetzt wollte er aber endlich wissen, wer dieser Schabalu eigentlich war …

Das Schloss

Der Sheriff räusperte sich. »Schabalu ist eine Witzfigur, nichts als ein Clown, versteht ihr? Er ist nicht aus hartem Holz geschnitzt wie ich. Er ist bloß aus Plastik! Trotzdem führt er sich auf, als wäre er etwas Besonderes. Nur weil er früher über dem Eingang des Parks gehangen hat, um die Besucher zu begrüßen.« Der Sheriff nahm einen Ast und stocherte damit in der Glut herum. »Jetzt hat er sich das alte Märchenschloss unter den Nagel gerissen und macht darin seine Faxen. Er glaubt, das Leben sei ein einziger Spaß. Ein Witzchen hier, ein Witzchen da. Alles nur heiße Luft.«

Ein Zweig im Feuer explodierte und Mo schaute den Funken nach, die in den dunklen Himmel flogen. Wenn er an einen Clown dachte, musste er eigentlich lachen. Er sah eine rote Nase vor sich oder ein buntes Kostüm und konnte sich nicht vorstellen, was daran so schlecht sein sollte. Im Gegenteil. Am liebsten hätte er Schabalu sofort kennengelernt.

Kaja ging es genauso. »Wir könnten doch zum Schloss reiten und Schabalu Hallo sagen«, rief sie.

»Schlagt euch das aus dem Kopf«, zischte der Sheriff. »Erstens:

Der Weg zum Schloss ist für Kinder viel zu gefährlich. Er führt durch die Geisterwelt und über den Piratensee. Und zweitens: Man muss sich vor Schabalu in Acht nehmen! Er setzt einem verrückte Wünsche in den Kopf. Und er glaubt, dass er tun und lassen kann, was er will. Wenn er so weitermacht, werde ich ihn ins Gefängnis stecken. Ich werde ihn einbuchten. Oder ich hänge ihn wieder über das Tor am Eingang des Parks, wo er hingehört.«

Der Sheriff zog seine Stiefel aus. In einem Strumpf war ein Loch, aus dem ein langer Zeh vorguckte.

»Es ist eben alles nicht mehr, wie es war«, seufzte er und zupfte am Loch herum. »Nun ja. Genug für heute. Legt euch hin und seid still. Gute Nacht. Es war ein langer Tag.«

Er zog den Hut tief ins Gesicht. Dann sagte er kein Wort mehr.

Beim Anblick des Sheriffs wagten die Geschwister es kaum, miteinander zu flüstern. Dabei hatten sie so viel zu bereden!

In Mos Kopf wirbelten Zuckerwattewolken, Dinosaurier, Cowboys, Indianer, Riesen und Zwerge durcheinander. Und immer wieder fragte er sich, welche Witze Schabalu wohl erzählen konnte und ob er zu große Schuhe trug.

»Sehen wir Schabalu irgendwann mal?«, musste er ganz leise fragen.

»Vielleicht.« Jonathan hatte den Arm um Mos Schultern gelegt.

»Und glaubst du, dass es hier Geister und Piraten gibt?«

»Glaube ich nicht«, log Jonathan.

Kaja warf Jonathan einen vielsagenden Blick zu. Sie hatte schon die ganze Zeit an dieselben Worte denken müssen: *Geis-*

terwelt, Piratensee und Märchenschloss. Sie klangen nach Gefahr, Abenteuer und Spaß.

Vorsichtig beugte sie sich vor und sah, dass der Sheriff unter dem Hut mit einem halb geöffneten Auge auf das Feuer stierte, obwohl er schlief.

Er achtet immer auf alles, dachte sie. Er nimmt alles zu ernst. Das machte Kaja fast wütend. Dann aber kreisten ihre Gedanken wieder um den abenteuerlichen Weg zum Schloss.

Jonathan war immer noch wach, als seine Geschwister schon in einen unruhigen Schlaf gefallen waren. Mo hatte sich laut schnaufend auf Jonathans Bauch gerobbt und umarmte ihn fest.

Vielleicht ist das hier wie ein Traum für Mo, dachte Jonathan. Aber es war kein Traum. Sein Hilfssheriff-Stern fühlte sich plötzlich schwer an auf der Brust. Wie sollte er seine Geschwister beschützen, wenn Geister und Piraten in der Nähe waren?

Außerdem dachte er immer wieder daran, wie er die Dinosaurier in ihre Welt zurückgebracht hatte. Eigentlich war er sich danach besonders mutig vorgekommen. Aber hier, vor dem flackernden Feuer, fragte er sich, ob es nicht mutiger gewesen wäre, auf den Dinosauriern durch die Prärie zu reiten.

Er schloss die Augen und stürmte in Gedanken so lange mit wehenden Haaren auf einem Dinosaurier durch den wilden Westen, bis er eingeschlafen war.

Als Jonathan wieder aufwachte, saß Kaja schon hellwach neben ihm.

»Hörst du das? Jonathan, hör mal!«

Der Himmel war noch dunkel und von der Glut des Feuers nur Asche übrig geblieben. Der Wind wirbelte die Asche auf und wehte ein leises Geräusch aus dem Wald zu ihnen herüber. Ein kaum hörbares Quietschen.

»Klingt wie rostiges Metall«, riet Jonathan.

Kaja sah zum Sheriff. Er hatte beide Augen inzwischen geschlossen und schlief genauso tief wie der Riese.

»Lass uns nachschauen, was es ist«, flüsterte sie.

Jonathan schielte an sich herunter zu Mo, der immer noch wie ein Sack über seinem Bauch lag und sich an ihm festhielt.

»Aber Mo schläft«, sagte er, als wäre daran nichts zu ändern.

Da rubbelte Kaja Mo über den Kopf, bis er die Augen öffnete.

»Aufstehen, Mo! Es gibt was Tolles zu erleben!«, flüsterte sie ihm ins Ohr.

»Was denn?«, fragte Mo schläfrig.

»Eine echte Überraschung. Wirst du schon sehen.«

Mo rutschte von Jonathans Bauch und rieb sich die Augen. Eine echte Überraschung durfte er sich auf keinen Fall entgehen lassen. Auch nicht mitten in der Nacht.

Jonathan sah noch einmal zum schlafenden Sheriff.

»Okay. Aber wir schauen nur kurz nach und gehen gleich wieder zurück«, sagte er und nahm Mo bei der Hand.

Vorsichtig schlichen sie dem leisen Quietschen entgegen und versuchten, nicht auf knackende Äste zu treten. Sie blieben dicht beieinander und drehten sich immer wieder um, bis sie die Feuerstelle mit dem Sheriff nicht mehr sehen konnten.

Ein Stückchen weiter vorn schimmerte das Mondlicht besonders hell zwischen den Baumstämmen hindurch. Es musste

ein größerer Platz sein, der da mitten im Wald lag. Und von dort kam das seltsame Geräusch.

»Da!«, flüsterte Jonathan. »Da bewegt sich was!«

Sie blieben auf der Stelle stehen. Tatsächlich, auf dem Platz schien etwas zu schaukeln oder sich zu drehen, genau konnten sie es nicht erkennen. Nach ein paar weiteren Schritten sahen sie, dass dort eine Gondel in der Luft hing. Und es war nicht nur eine allein. Immer mehr Gondeln tauchten zwischen den Bäumen auf und quietschten im Wind hin und her.

Kurz danach traten die drei auf den Platz und ein Riesenrad erhob sich gespenstisch vor ihnen in den Nachthimmel. Wie von Geisterhand gedreht, schwebten die rostigen Gondeln auf der einen Seite in die Höhe und auf der anderen Seite wieder hinab. Unendlich langsam zwar, aber doch deutlich sichtbar. Manchmal blieb das Rad auch stehen.

»Das ist der Wind«, sagte Jonathan. »Der Wind bewegt das ganze Rad!«

Sie schlichen die von Laub bedeckten Stufen hinauf und an dem alten Kassenhäuschen vorbei.

Eine der Gondeln drehte sich ganz langsam an ihnen vorüber. So verführerisch langsam, dass ihnen die Idee kam, sie könnten einfach hineinklettern.

»Wir schaukeln nur ein bisschen drin rum«, flüsterte Kaja.

Vielleicht würden sie ein kleines Stück weitergedreht, aber das wäre nicht schlimm. Sie hätten auf jeden Fall Zeit genug, rechtzeitig wieder abzuspringen, dachte Jonathan.

Er half Mo beim Einsteigen und Kaja sprang gleich hinterher. Sie setzten sich auf die Bänke und fragten sich, wie lange schon niemand mehr dort gesessen hatte. Dann lehnten sie sich nach außen und zählten über sich die dicken Speichen des riesigen Rades.

Wenn man am kleinen Gondeldach vorbei in die Höhe sah, konnte einem schwindelig werden. Gerade brachte ein Windstoß die Gondeln hoch oben kräftig ins Schwanken. Der Wind pfiff durch die Eisenstreben und Speichen. Und als Jonathan wieder nach unten sah, schwebten sie schon gut zwei Meter über dem Boden.

»Kaja! Mo! Wir müssen sofort abspringen!« Der Schreck schoss ihm in
Arme und Beine. Während er nach-
dachte, ob er Mo auf den Rücken
nehmen sollte, um mit ihm zusammen zu springen, fuhr ihre Gondel
wie ein luftiger Aufzug weiter in die
Höhe.

Mo und Kaja sahen mit aufgerissenen
Augen dabei zu, wie der Boden sich ent-
fernte, und fragten sich beklommen, ob sie jemals wieder nach
unten zurückkehren würden.

Aber je höher sie kamen, desto mehr wurde aus ihrer Angst
ein wunderbares Ziehen im Bauch. Eigentlich fühlten sie sich
sicher in ihrer Gondel. Sie schauten nach unten auf das Dach

des Kassenhäuschens, das immer kleiner wurde. Es war ein unglaubliches Gefühl, so schwerelos an den Bäumen entlang durch die Nacht nach oben zu gleiten.

Als die Gondel die Baumkronen erreichte und sogar noch höher stieg, verschlug es den Geschwistern die Sprache: Über den dunklen Wald hinweg sahen sie einen Hügel, auf dem ein großes Schloss stand. Es hob sich feurig bunt vor dem Nachthimmel ab, von Scheinwerfern und farbigen Lampen erleuchtet. Und wie von Zuckerwattewagen hinterlassen, führten weiß glitzernde Spuren in alle Richtungen von dem großen Tor weg oder zu ihm hin.

»Das ist das alte Märchenschloss … bestimmt … Das ist das Schloss von Schabalu«, flüsterte Mo gebannt.

Die vielen Türme und Türmchen hatten spitze Dächer. Und über dem höchsten Turm drehte sich ein Kettenkarussell in rasender Geschwindigkeit. Es war schwindelerregend! Die Geschwister konnten nicht erkennen, ob jemand in den Sitzen saß. Aber ein Juchzen und Kreischen drang aus der Ferne zu ihnen herüber.

Und als wäre das noch nicht genug, schossen nun Hunderte von Feuerwerksraketen über dem Schloss empor. Der Himmel explodierte in leuchtenden Farben: Goldregen, gelbe Sternschnuppen, grüne Kometenschweife. Und auf den Türmen des Schlosses versprühten Feuerräder ihre silbernen Funken.

Auf einmal begann es im Wald zu rascheln. Nach und nach tauchten die Köpfe der Riesen zwischen den Blättern der Baumwipfel auf. Auch sie bestaunten das Feuerwerk, das sich in ihren großen Augen spiegelte.

Eine letzte, gigantische Rakete beendete das Spektakel. Sie

explodierte mit einem ohrenbetäubenden Knall und übersäte den ganzen Himmel mit blitzenden Sternen.

Dann schwebte glitzernder Sternenstaub zu ihnen herab. Ein Riese nach dem anderen streckte seine lange, breite Zunge heraus und fing den Staub damit auf.

Jonathan, Kaja und Mo hielten ihre offenen Handflächen

aus der Gondel. Nach kurzer Zeit waren sie mit weißem Pulver bedeckt, das nach feinstem Puderzucker schmeckte.

»Schabalu lässt sich immer wieder was Neues einfallen!«, sagte ein Riese nicht weit von ihnen entfernt und schaute breit grinsend in den Himmel.

Ein neuer Windstoß blies den Zuckerstaub schließlich fort. Er brachte auch das Riesenrad noch einmal kräftig in Schwung und die Gondel mit den Kindern fuhr quietschend wieder hinab.

Die drei wandten den Blick nicht vom Schloss ab und es kam ihnen vor, als würde es wie eine leuchtende, rosafarbene Sonne hinter den Ästen untergehen.

Beim Ausstieg kletterten sie auf wackeligen Beinen aus der Gondel. Sie hatten noch kein Wort miteinander gesprochen. Und trotzdem wussten sie alle, dass sie zu Schabalus Schloss gehen wollten. Ja, sie mussten unbedingt dorthin …

Die Geisterwelt

»Aber was ist mit dem Sheriff …«, dachte Jonathan laut nach und seine Hand wanderte zum goldenen Stern auf seiner Brust. Sich einfach davonzustehlen, gehörte sich für einen Hilfssheriff nicht, der zur Stelle sein musste, wenn er gebraucht wurde.

»Wir lassen ihn weiterschlafen«, sagte Kaja.

»Und wir schreiben ihm einen Brief, dass wir zum Schloss gehen und ihm Tschüss sagen. Den schieben wir ihm unter die Schuhe«, schlug Mo vor, weil er den Sheriff ja mochte.

Aber Kaja schüttelte den Kopf. »Dann kannst du gleich bei ihm bleiben. Der würde uns nie zum Schloss lassen. Der würde uns vorher einfangen. Bei dem ist sowieso alles verboten.«

Jonathan schaute in die Dunkelheit des Waldes. »Wir müssten bloß geradeaus gehen, dann würden wir hinkommen …«, überlegte er.

Im weißen Mondlicht sah sein Gesicht ganz verzaubert aus, fand Kaja.

»Am besten, wir gehen gleich los. Bevor der Sheriff merkt, dass wir weg sind!«, sagte sie.

»Und mein Pony?«, fragte Mo.

»Die Ponys müssen wir dalassen. Die könnten uns verraten«, sagte Kaja traurig. »Wenn nur eines der Pferde beim Losbinden wiehert, weckt es den Sheriff auf!«

Die drei malten sich aus, was der Sheriff wohl tun würde, wenn er ohne sie an der Feuerstelle aufwachte. Vielleicht würde er ihre Spuren suchen und sie verfolgen …

Trotzdem schlichen sie wieder in den Wald und schlugen die Richtung ein, in der sie das Schloss gesehen hatten.

Schon bald merkten sie aber, wie schwer es war, sich in der Dunkelheit zurechtzufinden. Sie mussten sumpfige Tümpel und schlammige Löcher umgehen, über umgestürzte Bäume klettern und durch dichtes Gebüsch kriechen, bis keiner von ihnen mehr sagen konnte, wo das Schloss nun eigentlich stand. Nirgendwo half ihnen ein Zeichen weiter oder tat sich ein Weg auf.

Da stolperte Mo und fiel hart auf den Boden.

»Hier sind Schienen!«, rief er. »Von der alten Eisenbahn!«

Halb unter Laub begraben, schlängelten sich Gleise geheimnisvoll vor ihnen durch den Wald.

Und weil die drei nicht weiter herumirren wollten, liefen sie den Schienen nach. Dabei ließen sie das Schloss in Gedanken wieder aufleuchten: das Karussell, die vielen Türme und Türmchen, die Scheinwerfer und bunten Lampen, die Spuren der Zuckerwattewagen, das Feuerwerk …

Als ihnen die nächtlichen Rufe der Tiere zu unheimlich wurden, dampften und zischten sie wie eine Lok und übertönten das Krächzen und Heulen im Wald.

Dann kamen sie zu einem kleinen verwitterten Bahnhof und wurden ganz still. GEISTERWELT, lasen sie auf dem Bahnsteigschild und hinter dem Bahnhof ragte auch schon die Geisterkulisse aus dem Dickicht. Unter dem Efeu schaute eine unheimliche Bemalung hervor: Knochenhände, Krallenfüße, gelbe Augen. Und vor der Kulisse stand eine große Figur. Wie bei einer Vogelscheuche hingen zerrissene Lumpen von ihrem dürren Holzgestell herab. Die großen Zähne hatte sie über die Jahre verloren. Sie lagen auf dem Boden verstreut wie ein Haufen dahingeworfener Würfel. Und vielleicht hätte die Lumpenfigur den Geschwistern eher leidgetan, statt ihnen Angst einzujagen, hätte sie nicht so verschwörerisch lächelnd auf das Eingangstor gezeigt.

Über dem Tor hingen Leuchtbuchstaben, die schon lange nicht mehr geleuchtet hatten: WER TRAUT SICH DURCH DIE GEISTERWELT?

Das Tor stand halb offen und dahinter war es so stockdunkel, dass die Nacht im Wald fast hell dagegen wirkte.

Mo wandte seinen Blick vom Tor ab und schaute zu dem Wegweiser, der auf dem kleinen Bahnhofsplatz an der Geisterwelt vorbeizeigte: FÜR FEIGLINGE, stand darauf geschrieben.

»Ich glaub, wir gehen lieber da lang …«, sagte er.

Aber Kaja dachte schon an den schönen Grusel, der in der Geisterwelt auf sie wartete.

»Wir sind keine Feiglinge, Mo!«, sagte sie.

Jonathan hielt
den Hilfssheriff-Stern
fest umschlossen und die Spit-
zen pikten in seine Hand. Ihm fielen die
Worte des Sheriffs wieder ein: Der Weg zum
Schloss führt durch die Geisterwelt, hatte er gesagt.
Und sie mussten dorthin. Daran ließ sich nichts mehr ändern.
Sie hatten also keine Wahl!

Ein Hilfssheriff kennt keine Angst, sagte er sich. Und mit seinen neun Jahren konnte er über Geisterbahngeister doch höchstens noch lachen!

»Also gut.« Er drückte seine Schirmmütze fest auf den Kopf. »Ich geh vor. Mo bleibt in der Mitte. Kaja passt hinten auf.«

Dann ging er mutig voran, über den Bahnhofsvorplatz auf die Geisterwelt zu.

»Du brauchst nicht so komisch zu grinsen. Ich habe keine Angst vor dir!«, rief Kaja der Lumpenfigur entgegen.

»Ich auch nicht«, redete Mo sich ein und versuchte, nur an Schabalu und nicht an Geister
zu denken.

Dann setzten sie einen Fuß vor den anderen an der Lumpenfigur vorbei durch das Tor in die Dunkelheit.

Jonathan fiel seine Taschenlampe ein. Er hätte sie von zu Hause mitnehmen sollen! Zum Glück gab es ein Geländer, an dem sie sich entlangtasten konnten. Ein Stück weit beleuchtete das Mondlicht auch noch ihren Weg …

Aber dann fiel auf einmal das Tor hinter ihnen mit einem heftigen Schlag zu, als hätte ein lumpiger Schuh von außen dagegengetreten.

»Jonathan!!«, schrie Mo auf. Sein großer Bruder war in der Schwärze nicht mehr zu sehen, obwohl er direkt vor ihm stand.

»Alles gut, Mo, alles gut! Das war bloß der Wind!«, rief Jonathan. Dabei schlug sein eigenes Herz bis zum Hals.

Das zufallende Tor hatte auch Kaja einen Schauer über den Rücken gejagt. Sie wollte gleichzeitig lachen und kreischen. Das war der großartigste Schrecken, der sie je durchzuckt hatte. Und wenn ihnen jemand in der Dunkelheit folgte?! Von hinten nach ihr greifen würde?!

Da hörten sie hinter sich ein Lachen und Glucksen und alle drei hasteten, so schnell sie konnten, noch tiefer in die Geisterwelt hinein.

Nun kam das Lachen von überallher. Auch von vorn und von oben.

Dann tauchte aus der Schwärze ein Totenkopf vor ihnen auf. Von einer flackernden Lampe beleuchtet.

»Willkommen, willkommen …«, röchelte er. »Wir haben schon lange auf Besuch gewartet …«

»Wir haben keine Angst vor Geisterbahngeistern!«, krächzte Jonathan und musste sich am Geländer festklammern, als die

Lampe ihr flackerndes Licht auf eine Frau warf, die ihren Kopf unterm Arm trug und ihre Augen herabbaumeln ließ.

»Das ist nur der Anfang …«, gurgelte sie. Über ihrem Gesicht verlief eine Narbe. »Wollt ihr noch mehr sehen?«

»Nein!«, schrien Jonathan, Kaja und Mo zusammen.

»Ihr werdet schon euren Spaß mit uns haben …«, sagte die Narbenfrau.

Doch da wurde es plötzlich gleißend hell. Die Kinder hielten sich die Hände vor die Augen und blinzelten zwischen ihren Fingern hindurch.

Scheinwerfer ließen ihr weißes Licht auf die ganze Geisterwelt fallen, die jetzt wie ein Puppentheater aussah. Wie ein riesiges Puppentheater hinter dem Vorhang. An langen Seilen und Schnüren hingen Spinnen, Vampire und Warzengesichter von der Decke. Und Werwölfe und Gruselwesen waren am Wegrand aufgestellt.

Kaja fuhr blitzschnell herum. Sie hatte es gewusst. Hinter ihr stand ein hässlich verschrumpeltes Monster. Es drehte sich verschämt von ihr weg. Denn im Hellen sah es nur lächerlich aus.

Auch das Skelett vor Jonathan wackelte unsicher mit seinem Totenkopf.

»Was macht ihr für einen Krach!?«, schallte eine Stimme durch die Geisterwelt.

»Der Sheriff! Großer Geist, steh uns bei!«, entfuhr es der Narbenfrau, die ihre heraushängenden Augen schnell wieder in den Kopf, und den Kopf schnell wieder auf die Schultern setzte.

Die Geschwister machten einen Satz über das Geländer und kletterten gerade noch rechtzeitig in einen Sarg. Da hörten sie schon die klirrenden Sporen des Sheriffs, der über den Weg herbeigeeilt kam.

Jonathan öffnete den Sargdeckel einen Spaltbreit, sodass sie von ihrem Versteck aus sahen, wie der Sheriff das Skelett an den Schulterknochen packte und es kräftig durchrüttelte.

»Spielt ihr verrückt?!! Das ist kein Irrenhaus! Wen habt ihr erschreckt, ihr hinterhältigen Geschöpfe?!«

»Nienienienienieniemanden«, klapperte das Skelett.

»Bloß ein bisschen uns selbst«, wimmerte die Narbenfrau und verdrehte die Augen, bis nur noch das Weiße zu sehen war.

»Lass deine albernen Späße!«, knurrte der Sheriff. »Die will keiner mehr sehen.«

»Das ist es ja!«, klagte die Narbenfrau beleidigt.

Und ein unheimliches Heulen kam aus allen Ecken der Geisterwelt.

»Uns ist langweilig!«

»Todlangweilig!!«

»Wir haben nichts mehr zu tun.«

»Niemand will von uns erschreckt werden! Weil alle nur noch zu Schabalu wollen. Zum großen Schabaluuuuuuu …«

»Ich will diesen Namen nicht mehr hören«, knurrte der Sheriff.

»Aber es ist so!«, stöhnte die Narbenfrau. »Alle wollen zu ihm! Und *wir* müssen im Dunkeln bleiben …«

»Und wennwennwennn dann dodoch mal Besuch kommt, sind wir gagagaganz aus dem Häuhäuschen«, klapperte das Skelett und wand sich unter dem festen Griff des Sheriffs.

»Besuch!«, blaffte der ungerührt. »Ihr hattet also Besuch! Das habe ich doch richtig verstanden.« Der Sheriff hob das Skelett mit einer Hand hoch, sodass es in der Luft hin und her schlackerte. »*Wer* war es denn?! Raus mit der Sprache! *Wen* habt ihr erschreckt?! Waren es drei Kinder?? Zwei Jungen, ein Mädchen?! Habt ihr sie gesehen?!«

»Hätte ich gerne«, jammerte die Narbenfrau scheinheilig.

»Ichichich habe gagar keine Augen«, keuchte das Skelett.

»Ich warne euch«, drohte der Sheriff. »Wenn ihr mir nicht die Wahrheit sagt, schließe ich die Geisterwelt ab.«

Die Narbenfrau zog die Mundwinkel so weit nach unten, dass ihre Wangen wie weich gewordenes Wachs herabhingen.

»Noch einmal: Habt ihr sie gesehen?!« Der Sheriff hob das Skelett ein Stück höher.

»Vielvielleicht«, keuchte es und wackelte unbestimmt mit dem Kopf. »Es wawar sososo dunkel.«

»Verstehe! Sie waren also hier!!« Mit einem heftigen Ruck stellte der Sheriff das Skelett wieder ab und schaute ihm in die leeren Augenhöhlen. »Du willst doch auch nicht, dass alle zum Schloss laufen. Wenn du mir sagst, wo sie stecken, schaue ich später noch mal vorbei. Dann dürft ihr mich erschrecken. So fürchterlich, wie ihr wollt.«

»So fürchterlich, wie wir wollen?«, fragte die Narbenfrau und ihre Mundwinkel hoben sich wieder.

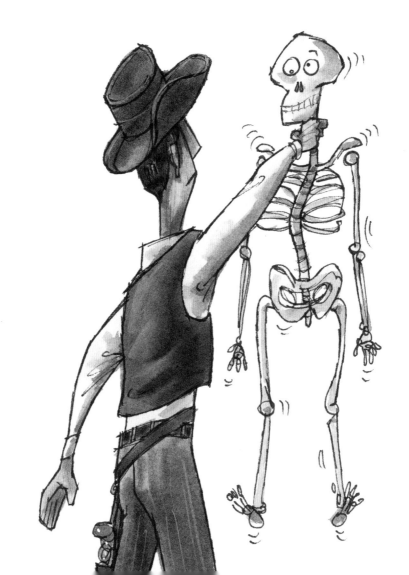

Der Sheriff nickte und das Skelett ließ die Fingerknöchel knacksen.

»Wenn … wenn das so ist …«, hauchte es und zeigte, ohne zu zögern, auf den Sarg.

Jonathan, Kaja und Mo sahen, wie der Sheriff über das Geländer sprang und den Deckel des Sargs aufriss. Aber die drei Kinder lagen nicht mehr darin. Mo hatte sich als Erster durch ein Loch auf der Rückseite des Sargs gequetscht, durch das früher einmal Nebel hineingeblasen worden war. Nun krabbelte er im Schutz der herumstehenden Monster auf Händen und Knien dem anderen Ende der Geisterwelt entgegen, dicht gefolgt von Jonathan und Kaja.

»Hier sind sie nicht!«, hörten sie den Sheriff wütend rufen und krochen schnell weiter, unter Kabeln und Spinnweben hindurch, bis sie endlich den Ausgang fanden und durch das Tor ins Freie schlüpften.

Dann rannten sie, rannten und rannten, und suchten schließlich abseits des Weges hinter einer verfallenen Eisbude Schutz. Sie kauerten sich an die Bretterwand und unterdrückten ihr Keuchen, denn schon hörten sie Pferdehufe über den Weg galoppieren.

Kurz darauf ritt der Sheriff an ihnen vorbei. Sein Pferd bäumte sich auf, direkt neben ihrem Versteck, und den dreien stockte der Atem.

»Wir werden sie finden!!«, rief der Sheriff. »Wir lassen uns nicht zum Narren halten! Hinter ihnen her!!«

Das Pferd stimmte ihm wiehernd zu. Dann preschte es mit dem Sheriff davon.

Erst nachdem der Morgen längst angebrochen war, wagten es die Geschwister, leise miteinander zu reden.

»Ich glaube, der kommt nicht zurück …«, flüsterte Kaja.

»Nee, der ist weg. Der kommt nicht mehr«, glaubten auch Jonathan und Mo.

Und je heller es wurde, desto breiter grinsten sie sich an, weil sie dem Sheriff und der Geisterwelt entkommen waren …

Die Wahrsagerin

Die drei hatten beschlossen, dicht am Waldrand weiterzugehen. So konnten sie schnell zwischen die Bäume fliehen, falls der Sheriff doch wieder zurückkehrte.

Ihr Eisbudenversteck war schon hinter einer Kurve verschwunden und in den ersten Sonnenstrahlen fingen sie an, leise über die Schrecken der Nacht zu lachen.

Jonathan lief schlaksig wie ein Skelett neben Kaja her, die ihre Augen wie die Narbenfrau verdrehte.

»Das ist nur der Anfang«, gurgelte sie und tat, als schraubte sie ihren Kopf ab.

Dann ließen sie Mo an den Händen durch die Luft fliegen, weil er das Loch im Sarg entdeckt und sie vor der Wut des Sheriffs bewahrt hatte.

»In einem Sarg liegen ist eigentlich ziemlich gemütlich«, rief Mo und ließ sich in die Höhe ziehen.

Sie fühlten sich unheimlich stark, so zu dritt, und hatten ihre Sorge, vom Sheriff entdeckt zu werden, schon fast vergessen. Da hörten sie eine leise Frauenstimme aus der Ferne rufen.

Jonathan zog Kaja und Mo schnell in den Graben neben

dem Weg, um von dort aus der Stimme zu lauschen, die langsam näher kam. Bald konnten sie die Worte verstehen, die sich immer wiederholten:

»Willst du mehr wissen? Dann komm zu mir.
Die Zukunft ist nah. Ich zeige sie dir!«

In der nächsten Kurve tauchte ein seltsamer Kasten auf. Kaja kniff die Augen zusammen: Wenn sie sich nicht täuschte, tippelte er auf weißen, nackten Füßen auf sie zu!

»Was ist denn das??«, flüsterte Mo.

Als der Kasten nah genug herangekommen war, konnten sie erkennen, dass es sich um einen Automaten handelte. Einen mit Sternen bemalten Wahrsager-Automaten, hinter dessen Schaufensterscheibe eine Frau lächelte. Von der Frau war nur die obere Hälfte zu sehen, die in ein weißes Tuch gehüllt war. Alles an ihr war weiß wie Marmor. Sogar ihre Haare. Und in der Hand hielt sie eine gläserne Kugel.

»*Willst du mehr wissen? Dann komm zu mir.*
Die Zukunft ist nah. Ich zeige sie dir!«,
wiederholte die Frau ganz automatisch, bis sie die Kinder erreicht hatte und bei ihnen stehen blieb.

Ihre Augen starrten, ohne zu blinzeln, an ihnen vorbei und Jonathan war sich nicht sicher, ob sie der Frau trauen konnten.

Aber Mo war schon aus dem Graben geklettert und hatte sich auf Zehenspitzen direkt vor das Schaufenster gestellt, unter dem ein roter Knopf blinkte. Daneben gab es einen Schlitz für Münzen. Mo kramte ungeduldig in seinen Hosentaschen. Eines seiner Geldstücke passte! Und sobald es mit einem hohlen Klacken in den Automaten gefallen war, drückte er auf den roten Knopf.

»Werde ich Schabalu treffen??«, platzte es aus ihm heraus.

Die Glaskugel begann zu leuchten und die Lippen der Wahrsagerin klappten mechanisch auf und zu, während sie sprach:

»Du willst zum großen Schabalu?

Du wirst ihn treffen. Ja! Das wirst du!!«

Ihre Worte hallten jetzt, als kämen sie von sehr weit her.

Mos Herz schlug höher. »Hat er eine rote Nase??«

»Er wird alles haben, und noch mehr.

Du wirst ihn mögen, sogar sehr.«

»Sind seine Schuhe zu groß? Ist er richtig lustig? Gibt er mir was vom weißen Gold ab?«

»Das sind zu viele Fragen,

Nur eine aufs Mal kann ich vertragen«,

säuselte die Wahrsagerin.

Inzwischen war auch Kaja dazugekommen und drängte Mo zur Seite.

»Ist das ein echtes Schloss mit Schätzen und allem?«, fragte sie.

»Es gibt Schätze, mein Schatz. Aus buntem Glitzerstein.

Und du wirst dort Prinzessin sein.«

»Ich? Eine Prinzessin?!«, rief Kaja und schüttelte belustigt den Kopf.

»Alles, was ich sehe,

ist so wahr, wie ich hier stehe«,

77

sprach die Frau mit ihrer hohen Stimme, die immer gleich klang.

»Und ich!?«, rief Jonathan und kam endlich auch aus dem Graben gesprungen. »Was werde *ich* sein?«

»Wie ein Vogel wirst du fliegen.
Und dich im Winde wiegen!«

Das konnte Jonathan nicht glauben.

»Das geht doch gar nicht!«, sagte er verwirrt.

»Oh doch! Wie ein Vogel.
Und zweifelst du,
dann guck auf deinen linken Schuh.
Gleich geht er auf,
ist nicht mehr zu.«

Die Frau kicherte in sich hinein.
»Ich sage nur die Wahrheit voraus.
Auch das ist wahr: Bei drei geh ich aus!
Eins, zwei, …«

Bei drei erlosch das Licht in der Glaskugel so plötzlich, wie es zu leuchten begonnen hatte.

Jonathan schaute auf seine Schuhe. Sie waren und blieben fest zugeschnürt. Vielleicht konnte die Frau die Wahrheit gar nicht voraussagen! Er kramte trotzdem in allen Taschen nach einer weiteren passenden Münze. Aber er fand keine. Genauso wenig wie Kaja und Mo.

Dabei hätte es noch viel wichtigere Fragen gegeben als die, ob Schabalu eine rote Nase hatte, dachte Jonathan mit einem Mal verärgert. Er wollte unbedingt wissen, wie er jemals fliegen sollte! Würden ihm Flügel wachsen? Wie konnte das gehen?!

»Willst du mehr wissen? Dann komm zu mir.

Die Zukunft ist nah. Ich zeige sie dir!«

Mit diesen Worten hob die Frau den Automatenkasten wie einen sperrigen Rock an und tippelte auf ihren weißen Füßen weiter.

»Wir hätten wenigstens fragen sollen, wie wir überhaupt zum Schloss kommen!«, sagte Jonathan aufgebracht, während Kaja und Mo dem Kasten hinterherschauten, bis er um die Kurve gebogen war.

Ich werde eine Prinzessin, dachte Kaja. Wenn das wirklich stimmte, würde sie keine brave Prinzessin sein, wie es sie in Märchen gab. Sie würde tun und lassen, was sie wollte! Die ganze Nacht würde sie sich auf dem Karussell über dem Schloss drehen. Im Glitzerkleid, mit ausgestreckter Zunge, um den süßen Sternenstaub damit aufzufangen!

Mo sang vor sich hin: »Schabali, Schabala, Schabalu …« Dass er ihn treffen würde, wusste er jetzt. Er würde mit Schabalu Zuckerwatte essen und weißes Gold geschenkt bekommen. Bestimmt!

Er hüpfte hinter seinen Geschwistern her, die gedankenverloren weiter am Wegrand entlangliefen. Bis Jonathan abrupt stehen blieb und nach unten starrte.

»Mein Schuh!«, rief er erstaunt. »Mein linker Schuh! Er ist aufgegangen! Die Frau hatte recht!! Es stimmt wirklich!! Sie hat es gewusst!!«

Selbst Jonathan begann in diesem Moment an die Worte der Wahrsagerin zu glauben und sah sich über den Park fliegen, so hoch über Dinosaurier und Riesen hinweg, dass ihm geradezu schwindelig wurde.

An einer Gabelung, an der kein Wegweiser stand, waren sie alle so übermütig, dass sie einfach nach links abbogen, ohne weiter darüber nachzudenken. Sie würden schon zum Schloss kommen, dachten sie, das hatte die Frau schließlich vorausgesehen.

Und tatsächlich dauerte es nicht lange, da schimmerten glitzernde Wellen zwischen den Bäumen hindurch.

Der Weg führt über den Piratensee, hatte der Sheriff gesagt und der Weg, den sie genommen hatten, endete an einem Steg, der in einen See hineinragte. Daneben lag ein verwittertes Segelschiff aus Holz im Wasser, mit einem hohen Mast und zerrissenen Segeln.

»Das ist der Piratensee. Todsicher!«, sagte Kaja und blickte sich um.

Der Sheriff war zum Glück nirgendwo zu sehen. Aber weit

entfernt, bei einer eingestürzten Brücke, entdeckte sie eine lange Reihe von Riesen, die durch das Wasser auf die andere Seite des Sees zogen. An der tiefsten Stelle reichte es ihnen bis zur Brust und jeder von ihnen schob eine schäumende Welle vor sich her.

»Die Riesen laufen auch zum Schloss, wetten?«, sagte Kaja.

»Und wie kommen *wir* rüber?«, fragte Mo.

Kaja lief auf den Steg. »Wir nehmen das Schiff!«, beschloss sie. Auch wenn es nicht danach aussah, als könnte das Schiff eine Fahrt über den See überstehen …

Der Piratensee

Die Leiter, die auf das Schiff hinaufführte, war morsch. Aber dem Gewicht der drei Kinder hielt sie gerade noch stand.

Jonathan zählte acht Kanonenrohre, die aus dem Schiff hervorlugten. Und als sie das Deck erreichten, sahen sie oben am Mast die schwarze Flagge mit Totenkopf flattern.

Keine Frage. Was hier leise vor sich hin knarrte, war ein echtes Piratenschiff.

Es gab auch einen Ausguck. Vielleicht sah man von dort aus das Schloss, dachte Mo. Wenigstens die Spitzen der Türme! Er stieg gleich die Strickleiter am Mast hoch, während Jonathan eine Luke auf dem Deck aufklappte, um in den Bauch des Schiffes zu schauen.

»Da liegen ein paar Holzfässer und altes Zeug. Alles trocken. Ich glaube, das Schiff ist dicht«, rief er Kaja zu, die schon am anderen Ende des Decks hinter dem Steuerrad stand.

»Aber wie kriegen wir es zum Fahren?«, rief sie zurück und betrachtete die zerfledderten Segel. Mit denen würden sie nie über den See kommen! Und was, wenn das Schiff gar nicht mehr fährt?, dachte Kaja enttäuscht.

Sie drehte am Steuerrad, das so groß
war wie sie selbst. Aber nichts geschah.
Dann rüttelte sie an dem langen Hebel, der neben dem Steuerrad aus
dem Deck herausguckte. Er
ließ sich kaum bewegen.
Schließlich lehnte sie sich
mit ihrem ganzen Gewicht
dagegen und drückte ihn
mit aller Kraft nach vorn.

Und da ging ein Ruck
durchs Schiff, der Jonathan
stolpern ließ und Mo fast
vom Mast schüttelte.

Wie von Unterwasserseilen gezogen, löste sich das Schiff vom Steg
und glitt ganz von allein schnur-
stracks auf den See hinaus.

»Wir fahren!!«, schrie Kaja.

Mo hastete das letzte Stück
Strickleiter am schwankenden Mast nach oben, um
sich in den Ausguck zu ret-
ten, weil das Schiff so rasch an
Fahrt gewann. Weit unter ihm
teilte der Bug das Wasser und
warf schon Wellen auf! Sie waren viel schneller als die Riesen
hinten bei der Brücke!

Mo taumelte im Ausguck von einer auf die andere Seite und hielt sich die Hand über die Augen, um in die Ferne zu spähen. Aber das Schloss konnte er nirgendwo erblicken. Dafür sah er ein zweites Schiff, das auf sie zusteuerte!

Mo rieb sich die brennenden Augen. Wie zwei Gondeln einer Seilbahn wurden beide Schiffe aufeinander zugezogen!

Das andere Schiff sah aus wie ihr eigenes. Am Mast wehte eine schwarze Flagge und in dem Ausguck stand ein Pirat! Er zeigte in seine Richtung! Das ganze Deck war voller Piraten. Sie hingen sogar in den Segeln!

»Piraaaten in Siiicht!!«, schrie Mo.

Auch Jonathan sah vom Bug aus, dass sich ein Schiff näherte und wie die Piraten ihre Säbel über den Köpfen schwangen. Friedlich klang ihr Grölen nicht, das über den ganzen See hallte.

»Komm sofort runter, Mo!«, schrie Jonathan.

Das musste er ihm nicht zweimal sagen.

Hastig sammelten sie zusammen, was sie zur Verteidigung finden konnten: zerrissenes Segeltuch, einen Wassertrog, alte Seile und hölzerne Ruder aus dem Schiffsbauch.

Als sie zu den Kanonen rannten, waren sich die Schiffe schon so nah, dass sie sich beinahe berührten! Nur wenige Meter voneinander entfernt glitten sie aneinander vorbei.

»Feuer frei!!«, schrien die Piraten.

Im selben Moment quoll dichter Rauch aus den Kanonen der Schiffe und färbte die Luft schwarz. Die Donnerschläge übertönten sogar das Brüllen der Piraten, die Anlauf nahmen und sich zum Entern bereit machten.

Jonathan, Kaja und Mo lehnten sich über Bord und stocherten mit den Rudern nach ihnen.

Trotzdem sprangen die ersten Piraten auf ihr Deck und die drei mussten mit Händen und Fü-ßen kämpfen. Sie versuchten es mit Haareziehen und Kneifen, warfen Segeltuchfetzen über die Köp-fe der Piraten, traten gegen ihre Holzbeine und gossen Wasser über das moosbewachsene Deck.

Die Piraten rutschten Halt suchend über das glitschige Moos und fuchtelten hilflos mit den Säbeln in der Luft herum. Fast konnte man glauben, sie würden den Kampf verlieren.

Doch am Ende kam es, wie es kommen musste: Sie umring-ten die Kinder und drehten ihnen mit ihren starken Händen die Arme auf den Rücken. Das Gefecht war damit entschieden.

Kaja stampfte wütend auf. »Ihr Feiglinge!«, schrie sie. »So viele von euch gegen drei von uns!«

Sie wand sich im festen Griff des Piraten, der hinter ihr stand. Vor ihr hatten sich gleich zwölf Männer aufgebaut. Sie sahen ziemlich verwahrlost aus. Die piratenbraune Farbe blätterte von ihren Gesichtern und ihre Kleider waren zerrissen.

Und doch wirkten sie seltsam unpiratisch. Sie kauten alle Kaugummi und machten damit dicke Blasen, bis sie platzten und sich in ihren Bärten verfingen. Auch in ihren Haaren und Kleidern klebten bunte Kaugummifetzen.

Schmatzend durchsuchten sie ihre Gefangenen und krempelten ihnen die Hosentaschen nach außen. Aber Mos übrig gebliebene Geldmünzen interessierten sie nicht.

»Wo habt ihr eure Süßigkeiten!«, raunzte einer.

»Saure Gurken, weiße Mäuse, Gummiteufel? Her damit!«

»Haben wir nicht!«, rief Jonathan, noch ganz außer Atem.

»Und was habt ihr dann hinterm Rücken versteckt, hä??«

»Nichts! *Ihr* habt uns die Arme doch nach hinten gedreht!« Kajas Augen blitzten. Besonders klug schienen ihr die Piraten nicht zu sein.

»Ohne Süßzeug sind sie nichts wert!«, maulte einer.

»Und was machen wir dann mit ihnen?«

»Wir lassen Ratten an ihren Füßen knabbern!«

»Oder wir stecken sie in Faulschlamm bis zum Hals!«

Das wollte Mo sich gar nicht erst vorstellen. »Könnt ihr uns nicht einfach freilassen?!«, rief er.

»Freilassen??« Die Piraten lachten.

»Wer von euch ist der Kapitän? Wir wollen mit dem Kapitän sprechen!«, sagte Jonathan bestimmt.

»Kapitän?! Wir haben keinen Käpt'n mehr.«

»Der Käpt'n ist zum Schloss!«

»Da hat er seinen Spaß.«

»Hat uns sitzen lassen.«

»Sind wohl nicht fein genug.«

»Ihr müsst schon mit *uns* vorliebnehmen!«

Die Piraten spuckten ihre Kaugummis auf den Boden und wickelten gleich neue Kugeln aus buntem Papier.

»Wir werfen euch einfach den Haien vor!«, johlten sie.

»An die Haie verfüttern. Hey ho!!«

Sie zerrten die Kinder an den Rand des Schiffes.

»Halt!«, rief Kaja. »Ihr wollt sicher auch zum Schloss, oder?!«

»Zum Schloss kommt niemand ohne Käpt'n«, maulten die Piraten. »Nur ein Käpt'n weiß, wo's langgeht.«

»Wir kennen aber *auch* den Weg!«, behauptete Kaja schnell. »Wenn ihr uns freilasst, zeigen wir ihn euch!«

Da hörten die Piraten auf zu schmatzen.

»Ihr kennt den Weg zum Schloss??«

»Na klar!« Kaja stellte sich breitbeinig hin. Und so trotzig sie konnte, sagte sie: »Und deshalb bin *ich* ab jetzt euer Käpt'n!«

Die Piraten rückten sich ihre Augenklappen zurecht und schauten Kaja an, als trauten sie ihrem einen Auge nicht.

»Du bist doch ein Mädchen, hä?«

»Na und?«, rief Kaja. »Wollt ihr zum weißen Gold oder wollt ihr hier sitzen bleiben?«

Ein Raunen ging durch die Meute und die Piraten rieben sich die verklebten Bärte. Wenn diese vorlaute Landratte sie wirklich zum weißen Gold führen konnte, würden sie ihren Piratenstolz über Bord werfen wie einen Sack fauler Kartoffeln. Ja, dann würden sie sogar auf ein Mädchen hören! Aber woher sollten sie wissen, dass es nicht log? Vielleicht kannte es das Schloss gar nicht.

»Wie sieht das Schloss denn aus, hä?!«, fragten sie.

»Es hat Türme und Türmchen, oben dreht sich ein Karussell und Zuckerwattewagen fahren aus dem großen Tor!«, sagte Kaja und die Augen der Piraten begannen zu leuchten. »Es gibt alles, wovon ihr nur träumt! Spiegelsäle, Prinzessinnen, schöne Kleider und …«

»Schon gut, schon gut! Und wer kriegt das weiße Gold?!«, rief der kleinste Pirat und leckte sich über die Lippen.

»Wir teilen die Beute gerecht. Halbe-halbe!«, entschied Kaja, um wie ein Käpt'n zu klingen.

Ein paar große Blasen platzten. Nicht mehr als ein kleines Fass Kaugummikugeln besaßen die Piraten noch. Seit ihr Käpt'n verschwunden war, hatte Schabalu nichts Süßes mehr vorbeigeschickt. Ein kleines Fass Kaugummi! Das war zu viel zum Sterben und zu wenig zum Leben.

Deshalb hob der stärkste Pirat Kaja nun in die Luft.

»Das Mädchen soll unser Käpt'n sein!«, brüllte er.

»Jawoll! Das Mädchen ist unser Käpt'n, hey ho!!«, stimmten alle zu und schwangen ihre Säbel.

Kurz darauf stand Kaja neben dem Steuerrad, das Jonathan hin und her drehte wie der erste Steuermann des Schiffs.

»Volle Fahrt voraus!«, schrie Kaja und schickte Mo übers Deck, um Kaugummis von den Pira-

6

ten einsammeln zu lassen. Denn auf ihrem Schiff sollte alles geteilt werden. Und zwar gerecht.

Mo schlenderte zwischen den Piraten umher und hielt die Hände auf. Es machte ihn ein bisschen stolz, dass ihm selbst die kräftigsten von ihnen grummelnd von ihren Kaugummis abgaben.

Als seine Taschen schon fast voll waren, wollte er gerade um die Ecke der Kajüte biegen und schauen, was dort noch zu holen war ... da hörte er dahinter ein Flüstern, das heimlich und verschwörerisch klang.

»Halbe-halbe, hat sie gesagt ...«, motzte einer leise.

Mo blieb stehen und rührte sich nicht.

»Ich kenn nur ganz oder gar nicht ...«

»Das weiße Gold gehört uns ...«

»Ich sag euch, was wir machen«, flüsterte eine heisere Stimme. »Kinder geben sich nie zufrieden, die fressen einem die Haare vom Kopf. Sobald das Schloss auftaucht, fesseln wir sie und lassen sie im Wald zurück!«

»Fesseln. Genau.«

»Und ab in den Wald.«

»Aber bis dahin haltet die Klappe!«

»Klappe halten, jawoll. Und wenn wir dann im Schloss sind ...«

Mehr hörte Mo sich nicht an, sondern rannte zu Kaja und Jonathan zurück.

Nachdem er ihnen berichtet hatte, was ihm zu Ohren gekommen war, stemmte Kaja die Hände wütend in die Seiten. Sie ließ ihren Blick über die herumlungernde Piratenmeute schweifen, der einfach nicht zu trauen war. Wenn sie es sich genau überlegte, wollte sie lieber ohne sie zum Schloss. Sie wollte lieber eine wilde Prinzessin sein, nicht Käpt'n verlogener Piraten.

Kaja sah zum Ufer hinüber. Bis dorthin war es nur noch ein kurzes Stück.

»Und jetzt?«, fragte Mo.

»Wir springen!«, flüsterte Kaja.

»Springen?!«

»Die sollen sehen, wie sie ohne uns klarkommen!«

Dann tat Kaja das, was ein Käpt'n bei einer meuternden Mannschaft tun musste, wie sie fand: Sie zog den Hebel neben dem Steuerrad bis zum Anschlag nach hinten, nahm ihre zwei treuesten Seeleute an die Hand und kletterte mit ihnen über das Geländer des Schiffes. Dann holte sie tief Luft und sprang mit ihnen von Bord.

Drei Meter flogen sie in die Tiefe. Für Mo war es der mutigste Sprung seines Lebens. Wasser spuckend tauchte er wieder auf und klammerte sich an Jonathans Rücken fest, während das Brüllen vom Deck des Schiffes bis zu ihnen nach unten drang.

Keiner der Piraten verstand, warum das Schiff plötzlich rückwärts fuhr. Und als sie die Flucht ihres neuen Käpt'ns bemerkten, war es für eine Verfolgung schon zu spät. Ihr Fluchen und Säbelschwingen half nichts. Das Schiff wurde unaufhaltsam wieder zurück auf den See gezogen und sie mussten mit ansehen, wie die Kinder tropfend an Land stiegen. Ja, die drei winkten ihnen sogar fröhlich zu!

Die Wut der Piraten war so groß wie ihre platzenden Kaugummiblasen, die vom Ufer aus betrachtet aber wie winzige bunte Kanonen-Schüsschen verpufften.

Der große Schabalu

Nachdem die Sonne ihre Kleider ein wenig getrocknet hatte, brachen Jonathan, Kaja und Mo vom Ufer auf und stießen kurz darauf auf eine Zuckerwattespur. Sie führte in die Ferne zu einem Zuckerwattewagen. Er war kleiner als der bei den Riesen im Wald, trotzdem flogen aus seiner Trommel große Mengen der weißen Wolken in die Luft. Um ihn herum wuselten Zwerge und davor wartete eine lange Schlange von Karussellfiguren. An ihrer Spitze zog gerade ein gelber Elefant seinen Rüssel aus der Trommel und streckte ihn, dick von Zuckerwatte umhüllt, in die Höhe.

Und dann sahen die Kinder den Sheriff! Er ritt langsam an der wartenden Schlange entlang und beugte sich zu den Karussellfiguren herunter.

»Der will wissen, ob uns einer gesehen hat! Sicher!«, sagte Kaja. »Wir müssen schnell weiter!«

Jonathan nagte an seiner Lippe. Sein goldener Stern blitzte auffällig hell in der Sonne. Ihm war nicht ganz wohl in seiner Haut, als davongelaufener Hilfssheriff.

Aber sie hatten es schon so weit geschafft! Das Schloss musste ganz in der Nähe sein …

»Wenn wir der Zuckerwattespur in die andere Richtung folgen, führt sie uns zum Schloss …«, überlegte er. »Der Wagen ist bestimmt von da gekommen.«

Und bevor sie der Sheriff doch noch sah, liefen sie geduckt den glitzernden Flocken nach.

Der weiße Pfad schlängelte sich in vielen Biegungen durch den Park. Schließlich traten sie aus einem Waldstück heraus und taumelten gleich wieder ein paar Schritte zurück. So überwältigend nah lag plötzlich der Hügel mit dem alten Märchenschloss vor ihnen!

Genau wie sie es von ihrer Fahrt auf dem Riesenrad in Erinnerung hatten, ragten die Türme und Türmchen bunt in den Himmel! Von hier aus sahen sie auch die farbigen Fensterscheiben und die goldenen Balkone. Und in der Luft lag ein betörender Duft.

»Wir sind da! Wir haben es wirklich geschafft!«, rief Jonathan.

Sein Blick wanderte zu dem großen Tor. Die Torflügel standen sperrangelweit offen. Die ganze Welt war im Schloss willkommen!

»Los, weiter!«, drängte Kaja.

Dann rannten sie den Hügel hinauf, als wollten sie das Schloss erstürmen.

Außer Atem stolperten sie durch das Tor in den Schlosshof, in dem sich so viele Riesen und Dinosaurier tummelten, dass die drei aufpassen mussten, nicht unter ihre stampfenden Füße zu geraten. Sie alle drängelten sich um die besten Plätze. Denn nur die vordersten von ihnen konnten ihre breiten Nasen und Schnauzen an die hohen Fensterscheiben drücken und in den

Festsaal des Schlosses schauen, durch dessen Türen sie nicht passten.

Nebenbei holten sie mit ihren Pranken Schaummäuse aus großen Papiertüten, die unter ihren Armen klemmten. Sie schoben sie sich in die schmatzenden Mäuler, ohne dabei

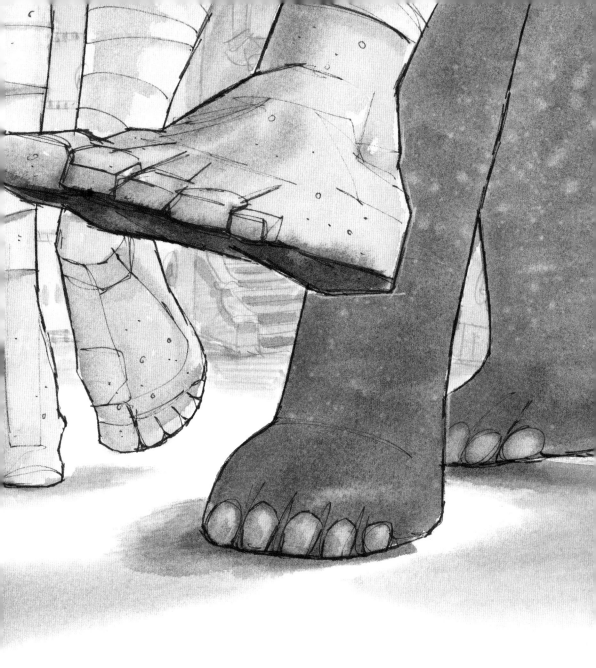

den Blick von dem abzuwenden, was hinter den Fenstern geschah.

»Was sehen die denn?!«, fragte Mo.

Da zogen Kaja und Jonathan ihn schon hinter sich her zu
den Türen des Saals.

Ausgelassener Lärm drang daraus hervor. Und als sie sich hineingezwängt hatten, schauten sich die drei ungläubig um.

Der Festsaal war brechend voll. Unzählige Plüsch- und Plastiktiere, ja, die gesamten Preisgewinne aus den verfallenen Losbuden des Parks schienen hierhergekommen zu sein. Und überall drängten sich Schießbuden- und Märchenfiguren aneinander! Sie saugten schäumenden Saft mit langen Strohhalmen aus großen Bechern, bliesen voller Vorfreude in Plastiktröten oder ließen Luftballons furzend durch die Luft fliegen.

Wie auf einer Schiffsschaukel schwangen Indianer und Cowboys auf einem Kronleuchter unter der Decke hin und her. Sie standen sich auf den Kronleuchter-Armen gegenüber und holten um die Wette Schwung. So trieben sie sich immer weiter in die Höhe und alles wurde in ein schwankendes Licht getaucht, das einen schwindlig machen konnte.

Kaja stellte sich auf Zehenspitzen. Ganz vorn im Saal entdeckte sie eine Bühne. Daneben schwang ein starker Mann aus Gold einen schweren Hammer über dem Kopf. *Hau-den-Lukas*, stand in dicken Buchstaben quer über seine Brust geschrieben.

Nun schlug er mit dem Hammer auf einen Gong, dessen gewaltiges Scheppern einem noch lange in den Ohren dröhnte.

»Schabalu! Schabalu! Schabalu! Schabalu«, riefen alle im Saal.

Dann wurde der Vorhang aufgerissen und eine bunte Gestalt trat ins Scheinwerferlicht. Mit großen Schritten in viel zu großen Schuhen marschierte sie fröhlich an den Bühnenrand.

»Mo! Das ist er!«, schrie Jonathan und hob seinen kleinen Bruder schnell auf die Schultern.

Mo konnte sein Glück kaum fassen: War das wirklich Schabalu?! Das musste er sein!! Er hatte eine rot glänzende Nase! Sein ganzes Gesicht leuchtete bunt. Die Augenbrauen sahen wie Regenbögen aus und der Mund lachte von einem bis zum anderen Ohr. Wie unter Strom gesetzt standen die knallgelben Haare zu allen Seiten ab. Und über seinen dicken Bauch spannte sich ein lustiges Hemd voll farbiger Kleckse, als käme er direkt von einem Eiskugel-Wettessen.

»HAT MICH JEMAND GERUFEN?!?!« Schabalu übertönte auch den lautesten Jubelschrei mit seiner freudigen Stimme.

»Jaaaaaaaaaa!«, schrien alle zurück.

»JUCKT ES EUCH UNTER DEN FUSSNÄGELN?! KITZELT ES EUCH IM BAUCH WIE MIR?!«

»Jaaaaaaaaaaaaaaa!«

»WOLLT IHR HÜPFEN, SPRINGEN, DAMPF ABLASSEN?!«

»Jaaaaaaaaaaaaaaaaaaaaaa!«

»DANN BRAUCHEN WIR MUSIK!«

Schabalu klatschte in die Hände. Sofort begann eine Zwergen-Band in die Saiten, Tasten und aufs Schlagzeug zu hauen und Schabalu schmetterte sein Lied. Das Lied vom großen Schabalu:

»SCHABALABALI, SCHABALABIDIBUH,
ICH BIN DER GROSSE SCHABALU!
HIER IM SCHLOSS BIN ICH DER BOSS, OH YEAH,
UND BESTIMME GANZ ALLEINE, WAS ICH TU!

FEUERWERK, KAUGUMMIBLASEN,
AUF DEM KARUSSELL RUMRASEN,
LUFTBALLONS ZERTRETEN, DASS ES KNAHAHALLT!
WASSERBOMBEN SCHMEISSEN,
OHNE ENDE WITZE REISSEN,
BIS DAS LACHEN DURCH DIE GÄNGE HALLT.
SCHNELLER, HÖHER, LAUTER, WEITER,
DICKER, FETTER, GRÖSSER, BREITER,
LUSTIG, WITZIG, LOCKER, HEITER,
WER NICHT HÖRT, WIRD NOCH GESCHEITER!

SCHABALABALU, SCHABALABIDIBAH,
DER GROSSE SCHABALU MACHT ALLES KLAR!
BRAUCHT IHR WAS ZU LACHEN,
DIE UNMÖGLICHSTEN SACHEN,
SCHABALU HAT ALLES DA!

UNTEN IN DEN KATAKOMBEN
GIBT ES FETTE ZUCKERBOMBEN,
SCHWARZE GUMMITEUFEL, WEISSES GOHOHOLD.
UND MIT DEN KANONEN
SCHIESS ICH SÜSSE EXPLOSIONEN
IN DEN STERNENHIMMEL, WIE IHR'S WOLLT!

WIR HABEN, HABEN, HABEN, HABEN, HABEN, HABEN,
HABEN, HABEN, HABEN, HABEN, HABEN SO VIEL SPASS!
YEAH.« *

Die Zwergen-Band spielte weiter und Schabalu zog das be-
kleckste Hemd hoch, um seinen glänzenden Plastikbauch zu
präsentieren. Er rubbelte quietschend mit seinen Händen darüber, betrommelte ihn von oben bis unten und kitzelte ein
Lachen aus sich heraus, das alle mitriss. Dabei hüpfte er läs-
sig über die Bühne, bis er am Ende seines Liedes von hinten
Anlauf nahm, zu einem hohen, weiten Sprung ansetzte, um
mit einem Bauchflatscher am Bühnenrand zu landen und kra-
chend in den Saal zu rülpsen.

Die Menge tobte!

Schabalu sprang wieder auf die Beine und rieb sich aufgeregt
die Hände. »WER HAT LUST AUF GEBURTSTAG?«

»Wiiiiiiiiiiir!!!«, schrien alle.

Auch Jonathan, Kaja und Mo rissen die Arme hoch.

* *Jeder, der nicht im Schloss dabei sein konnte, kann Schabalus Song auch
hier hören: www.thienemann-esslinger.de/schabalu*

»GEBURTSTAG HAB ICH JEDEN TAG! UND HEUTE IST MEIN ZWEITAUSENDEINUNDFÜNFZIGSTER. ODER MEIN DREITAUSENDSIEBTER. LUKAS! SCHLAG NOCH MAL DEN GONG!!«

Der goldene Mann holte mit dem Hammer aus und das Scheppern des Gongs war noch lauter als beim ersten Mal.

»ICH HAB EUCH WAS KLEINES MITGEBRACHT!«, gluckste Schabalu. »TATAAAA!«

Der hintere Vorhang der Bühne wurde hochgezogen und ein Trupp von Zwergen stemmte einen riesenhaften, rot-grünen Wackelpudding in die Höhe, der fast so breit war wie die Bühne selbst und die Form einer fünfstöckigen Torte hatte. Er waberte bedenklich vor sich hin, als die Zwerge ihn an den Bühnenrand trugen, um ihn dort abzusetzen.

»KÄPT'N! WIR BRAUCHEN DEINE KANONE. EIN BISSCHEN SPASS MUSS SEIN!«

Ein bärtiger Kerl, der aussah wie ein Piratenkäpt'n, rollte eine schwere Kanone durch das Publikum in die Mitte des Saals. Dort stellte er sie auf und richtete das Rohr auf die Bühne aus.

Schabalu war schon in das Getümmel gesprungen und schob sich zur Kanone vor. Während er seinen Po in das breite Kanonenrohr stopfte, zählten alle von zehn abwärts.

»… sieben … sechs … fünf … vier … drei … zwei … eins …«

»Feuer frei!!!«, schrie der Piratenkäpt'n und Schabalu schoss mit einem donnernden Knall wie eine große Kanonenkugel über die Köpfe hinweg und platschte mit einer wuchtigen Arschbombe mitten in den wabernden Wackelpudding, der weit in den Saal hineinspritzte.

Ein großes »Oooooh!« ging durch die Menge. Fast jeder

103

wischte sich Pudding aus dem Gesicht. Auch Jonathan, Kaja und Mo leckten sich rote und grüne Spritzer von den Fingern.

Und dann gab es kein Halten mehr. Plüschbären, Kuschelschweine, Plastikgorillas, aufblasbare Gummifrösche, Cowboys, Indianer und alle Schießbuden- und Märchenfiguren stürmten die Bühne. Sie schaufelten sich die Backen voll oder sprangen gleich wie Schabalu in den Wackelpudding hinein, um sich darin zu baden.

Schon bald wurde aus dem Festfressen eine ausgelassene Pudding-Schlacht. Und die Geschwister waren mittendrin. Sie schmierten volle Ladungen in Gesichter und bekamen es doppelt zurück. Dabei konnten sie sich vor Lachen kaum auf den Beinen halten und rutschten wie auf Eis über den glibberigen Boden, bis von der großen Torte nur noch wackelnde Häufchen übrig waren.

Dann standen sie plötzlich mit glühenden Wangen direkt vor Schabalu. Er wollte gerade wieder süße Pudding-Watschen verteilen, als er Jonathan, Kaja und Mo vor sich sah und sein breiter Mund offen stehen blieb.

»KINDER!!«, brüllte er so hocherfreut, dass die Schlacht um sie herum zum Stillstand kam und alle zu ihnen herüberschauten. »ECHTE KINDER?!« Er nahm Mos Gesicht beglückt in seine Puddinghände und zog es ganz nah vor seine staunenden Augen. »IHR SEID ECHT! IST DAS ZU FASSEN?!«, rief er und strahlte. »WIE LANGE HABE ICH SCHON KEINE KINDER MEHR GESEHEN! WAS FÜR EIN GEBURTSTAG! WAS FÜR EIN GESCHENK! HA!! IHR SOLLT WAS ERLEBEN! ICH ZEIGE EUCH DAS SCHLOSS. DAS WIRD EIN SPASS! EIN

RIESENSPASS!! WAS WOLLT IHR MACHEN, WAS FÜR UN-MÖGLICHE SACHEN?!«

Kaja wischte sich den Puddingmatsch aus dem Gesicht. Es gab unendlich viele Dinge, die sie in diesem Schloss gleichzeitig machen wollte!

»Ich … ich will 'ne Prinzessin sein! Mit Schätzen und allem!«

»Ich will fliegen!« Jonathan streckte seine Arme wie Flügel zur Seite aus.

»Ich will das weiße Gold sehen!«, rief Mo.

»ABER JA! JA! JA! IHR WERDET AUS DEN LATSCHEN KIPPEN!«

»Und auf das Karussell wollen wir auch!«, jubelte Kaja.

»KOMMT MIT!! KOMMT MIT!«

Schabalu schob die Geschwister durch den Puddingmatsch vor sich her, an vielen verwunderten Blicken vorbei.

»ECHTE KINDER! IST DAS ZU FASSEN?!«, rief er immer wieder begeistert und klatschte in die Hände. Dann verschwand er mit Jonathan, Kaja und Mo hinter der Bühne ...

Die Spaßfabrik

Schabalu schob die drei eine breite Treppe zum Kellergewölbe hinunter. Der verlockende Duft, der den Kindern schon am Fuß des Schlosshügels in die Nase gestiegen war, lag hier wie süßer Nebel in der Luft. Und als Schabalu eine große Tür aufstieß, quoll eine ganze Wolke daraus hervor.

»TATAAA!«, posaunte er und präsentierte mit weit auseinandergerissenen Armen eine Maschine, die den gesamten Keller unter dem Schloss ausfüllte. »SO WAS HABT IHR NOCH NIE GESEHEN!«

Er hob Mo auf seine Schultern und zeigte auf die Zwerge, die mit Schaufeln weißes Gold in das gefräßige Maul der Maschine schippten oder von hohen Gerüsten aus säckeweise Nüsse, Zuckerperlen und farbige Pulver in breite Trichter kippten.

Von den Trichtern führten Rohre zu mannshohen Kesseln, in denen große Quirle eine zähe Flüssigkeit rührten, die schon über die Ränder lief.

Schabalu tauchte eine Hand hinein und leckte sich die Finger ab. Er ließ auch Mo probieren.

»Wie lecker!«, rief Mo mit leuchtenden Augen.

»ABER NICHT SÜSS GENUG!«, stellte Schabalu fest. »WIR
BRAUCHEN NOCH MEHR WEISSES GOLD!!« Seine Stimme
übertönte sogar den Lärm, den die Maschine machte.

Augenblicklich schafften Zwerge noch mehr weißes Gold he-

ran, das am Ende des Kellers in allen Formen aufgehäuft war.
In Würfeln, Barren, Blöcken und Bergen aus feinem Zuckerstaub, die bis unter die Decke reichten. Einen größeren Schatz
konnten sich Jonathan, Kaja und Mo nicht vorstellen!

Schabalu lief mit ihnen an weiteren Trichtern und Rohren vorbei, die wiederum zu schüttelnden, knetenden, stanzenden Maschinenteilen führten.

Am Ende dieser unermüdlich ratternden Fabrik standen Zwerge an Fließbändern, auf denen Unmengen frisch geformter Köstlichkeiten entlangfuhren. Hin und wieder pickten sie ein Gummitier oder Schokoladengeschöpf heraus und ließen es im Mund zergehen. Sie schoben es prüfend mit der Zunge hin und her, bis sie sich sicher sein konnten, dass alles so schmeckte, wie es schmecken sollte.

»SCHLAGT EUCH DIE BÄUCHE VOLL! NEHMT EUCH, SO VIEL IHR WOLLT«, ermunterte Schabalu die Kinder, setzte Mo wieder ab und griff selbst tief in die Wannen am Ende der Fließbänder, in denen sich das süße Zeug häufte.

Jonathan stopfte so viel wie möglich in seine Hosentaschen und lud sich gleich auch noch die Mütze voll.

Mo konnte sich nicht entscheiden, bei welcher Wanne er als Erstes zulangen sollte. Dann machte er es wie Kaja und schaufelte sich einfach alles durcheinander in den Mund.

»UND JETZT WEITER! WEITER, WEITER!«, rief Schabalu begeistert, als nichts mehr in Taschen und Münder passte. »HINTER MIR HER!«

Schabalu eilte zurück zur Tür und die Treppe nach oben, und noch eine und noch eine, immer höher den Turm hinauf.

Jonathan hielt seine Mütze fest vor sich an den Bauch gedrückt, damit beim Rennen nichts Süßes verloren ging. Dabei ratterte die Maschine die ganze Zeit in seinem Kopf weiter. Wie viel weißes Gold sie verschlungen hatte! Und wie groß sie war!

»Wenn der Sheriff davon wüsste!«, rief er Kaja so laut zu, dass Schabalu abrupt innehielt und sich zu ihnen umdrehte.

»DER SHERIFF?!«, fragte er belustigt und zog die Regenbogen-Brauen in die Höhe. »DER SHERIFF KOMMT HIER NICHT REIN! WER KEINEN SPASS VERSTEHT, BLEIBT DRAUSSEN!«

Schabalu warf einen Blick aus dem Turmfenster. Dann musste er sich vor Lachen den Bauch halten. »DA IST ER JA. MEIN ALTER FREUND. SCHAUT IHN EUCH AN!«

Von hier oben aus konnten sie den Sheriff vor dem großen Schlosstor auf und ab reiten sehen. Das Tor war inzwischen verriegelt und der Sheriff versuchte vergeblich, darüber hinweg in den Schlosshof zu schauen. Immer wieder bäumte sein Pferd sich auf und er reckte sein zornrotes Gesicht nach oben. Fast sah es aus, als wäre er wütend, nicht bei der Party dabei sein zu dürfen.

Die Riesen und Dinosaurier lehnten gemütlich von innen an der Mauer wie an einer Theke. Sie hatten die Ellbogen auf den Mauerrand gestützt, streckten dem Sheriff ihre breiten Zungen entgegen und lachten ihn aus.

Mo vergaß für einen Moment, seine Gummitiere zu kauen, und hatte Mitleid mit dem Sheriff, während Jonathans Hand wie von selbst zum Hilfssheriff-Stern auf seiner Brust fuhr und ihn vom Hemd abzog. Heimlich vergrub Jonathan ihn unter dem Süßkram in seiner Mütze.

»Der Sheriff soll ruhig draußen bleiben«, sagte er und Schabalu zauberte eine kleine Plastikblume hinter Jonathans Ohr hervor, um sie Kaja zu schenken.

Dann rannten sie die letzten Treppen hinauf und traten auf die Aussichtsplattform des höchsten Turmes.

»Das Karussell!!«, schrie Kaja.

Vor ihnen baumelten Sitze an langen Ketten im Wind. Das Karussell nahm die ganze Fläche des kreisrunden Turmes ein. Von Nahem wirkte es noch viel abenteuerlicher als aus der Ferne. Kaum zu glauben, dass sich ein solches Gefährt in dieser windigen Höhe drehen konnte! Mitten auf dem höchsten Turm des Schlosses, der alles andere überragte!

Schabalu klatschte aufgeregt in die Hände. »EINSTEIGEN UND NIE WIEDER AUSSTEIGEN!«, tönte er und hob Mo in einen der luftigen Sitze, in die Kaja und Jonathan schon hineingeklettert waren.

Dann sprang Schabalu zu einem Schaltpult und drückte einen dicken Knopf.

Ein lautes Hupen ertönte und das Karussell fing langsam an, sich zu drehen. Wie ein Pilz wuchs es dabei Stück für Stück in die Höhe.

Schon kurz darauf hingen die Geschwister schräg in der Luft, flogen in ihren Sitzen weit über die Brüstung des Turmes hinaus und blickten in die Tiefe. Das Schloss, der Hügel, der ganze Park: Alles lag ihnen zu Füßen.

Schneller und immer schneller drehte sich das Karussell und Kaja und Jonathan streckten die Arme zur Seite. Sie jubelten und kreischten, während die Welt unter ihnen zu verschwimmen begann.

Nur Mo hielt sich weiter an den Ketten fest. Für ihn war es auch so schon schwindelerregend genug, hoch über den Köpfen der Riesen zu kreisen, die von hier aus wie Zwerge aussahen.

Aber das war erst der Anfang.

»WOLLT IHR MEHR?!«, rief Schabalu.

»Jaaaaaa!«, kreischte Kaja. »Jaaaaaaaaaaa!«

Schabalu zog an Hebeln und drückte Knöpfe. Das Karussell neigte sich zur Seite, sodass es nicht nur rund, sondern auch hoch- und runterging.

»JETZT MACHEN WIR RICHTIG DAMPF!«

Alarmglocken schrillten, die Fahrt wurde noch rasender und Jonathans und Kajas Jubelschreie wurden vom Wind fortgerissen.

Mo brachte keinen Ton mehr heraus. Nicht noch schneller!, dachte er. Bloß nicht noch schneller!

Aber Schabalu drückte weiter begeistert auf die Knöpfe seines Schaltpults.

Nebelmaschinen hüllten das Karussell in dichten Dampf wie in Wolken und die Kinder wurden in den Himmel und wieder zurück geschleudert, bis sie gar nicht mehr wussten, wo sie waren.

Nachdem Schabalu jeden Effekt mit seinem Schaltpult vorgeführt hatte, hämmerte er mit der Faust erneut auf den dicken Knopf. Das Karussell stellte sich wieder gerade, verlor langsam an Fahrt und sackte in sich zusammen. Nach und nach sanken die Sitze herab, bis die Kinder schließlich abspringen konnten.

Mo fiel eher auf den Boden, als dass er sprang. Er konnte sich kaum noch auf den Beinen halten.

»UND JETZT? WAS WOLLT IHR JETZT?«, rief Schabalu.

»Prinzessin sein!«

»Fliegen!«

Kaja und Jonathan waren wie aufgedreht. Sie taten, als könnten sie nicht mehr gerade laufen, taumelten im Kreis und ließen sich von ihrem Lachen durchschütteln. Jonathan riss im Überschwang seine Mütze hoch und hielt sie sich so über den Kopf, dass der hineingesammelte Süßkram auf ihn herabregnete.

»DANN WEITER! WEITER, WEITER!«, drängelte Schabalu und hüpfte schon die Treppen im Turm hinunter.

»Komm schon, Mo!«, kreischte Kaja und rannte Schabalu nach.

Jonathan zog Mo hinter sich her. Aber Mo hing an ihm wie ein schwerer Sack, bis ihre Hände auseinanderrutschten.

»Mach schneller, Mo! Sonst ist Schabalu weg!«

Mo stolperte die Treppen nach unten und schleppte sich durch einen langen Gang, an dessen Ende er Schabalu um die Ecke biegen sah. Dicht gefolgt von Kaja.

»Schneller, Mo!«, rief Jonathan im Rennen, ohne sich umzudrehen. Dann bog auch er um die Ecke und war verschwunden.

»Wartet doch!«, keuchte Mo.

Er musste stehen bleiben und die Hände in die Seiten stemmen. Ihm war noch immer schwindelig vom Karussell. In seinem Kopf drehte sich alles. Und wenn er an Gummitiere dachte, wurde ihm noch flauer zumute.

»Wieso wartet ihr denn nicht?! Jonathan! Kaja! Schabalu!«, rief er.

Doch da waren ihre Schritte schon nicht mehr zu hören ...

Verdrehte Köpfe

Als es Mo etwas besser ging, wurde er wütend. Auf Jonathan und Kaja, weil sie nicht auf ihn gewartet hatten. Und auf Schabalu, weil er das Karussell viel zu schnell und wild hatte drehen lassen. Und auf sich selbst, weil er nicht mithalten konnte.

Er sah aus einem Fenster in den Hof, aus dem wildes Kriegsgeheul erschallte. Dort unten jagten die Cowboys und Indianer auf den Dinosauriern ums Schloss.

Mo stellte sich vor, wie auch Jonathan und Kaja gleich vorbereiten würden. Oder wie es wäre, wenn er selbst auf einem Dinosaurierrücken hin und her schaukelte … da wurde ihm gleich wieder schlecht.

Eigentlich wollte er gerade am liebsten in sein Bett fallen und zwischen Jonathan und Kaja liegen. Auch wenn er wütend auf sie war. Ihm schossen so unendlich viele Bilder durch den Kopf. Sie rasten an ihm vorbei wie die Welt vorhin am Karussell: das zornrote Gesicht des Sheriffs, Schabalus breites Lachen, wackelnde Puddings, rauchende Kanonen, dampfende Maschinen … darüber musste er erst einmal ganz in Ruhe mit Jonathan und Kaja reden. Im Dunkeln unter der Bettdecke,

119

wie sie es manchmal taten. Sonst würde er noch platzen! Oder
überlaufen wie die Kessel unten im Schlosskeller!

Mit weichen Beinen lief er auf die Ecke zu, um die seine Geschwister gebogen waren. Aber hinter der Ecke wartete nur ein
weiterer langer Gang mit vielen Türen auf ihn.

Mo konnte bloß raten, welche davon Kaja und Jonathan
wohl genommen hatten.

Als er die erste Tür aufzog, kam ihm eine Lawine bunter
Plastikkugeln aus einem riesigen Bällebad entgegen, das einen ganzen Saal füllte. Die Lawine schob sich weiter in
den Gang hinein und es war unmöglich, die Tür wieder zu
schließen.

Bevor ihn die Bälle noch ganz überrollten, stolperte Mo über

sie hinweg, weiter den Gang entlang, und flüchtete durch die nächste Tür.

Er hatte sie gerade hinter sich zugeschlagen, da wollte er schon wieder rückwärts aus dem Raum rennen. Unzählige Spiegel verzerrten und verbogen ihn in alle Richtungen. Wo auch immer er hinsah, machten die Spiegel aus ihm einen kleinen Pimpf oder einen krummen Lulatsch, zogen ihm die Nase lang, zerknautschten sein Gesicht oder dellten ihm den Kopf ein.

Mo taumelte zurück auf den Gang, rannte zwischen den rollenden Bällen hindurch nach draußen auf einen Balkon und beugte sich über das goldene Geländer.

Mittlerweile jagten im Hof zwischen den Dinosauriern auch

121

die Schieß- und Losbudenfiguren durch die Gegend. Nur Jonathan und Kaja waren nirgendwo zu sehen.

Aber dann vernahm er plötzlich Jonathans Stimme.

»Ich kann fliegen!«, hörte er ihn weit über sich rufen. »Ich fliege!!«

Mo legte den Kopf in den Nacken: Sein großer Bruder lief hoch oben über eine Mauer, die um einen Turm herumführte! Sein Kopf steckte in einem seltsamen Helm, der auch sein Gesicht bedeckte. Wie ein Vogel, der durch die Luft segelte, hielt er die Arme ausgebreitet und wiegte sich hin und her. Er fing auch noch an zu hüpfen und sich zu drehen, als würde ihm die Höhe überhaupt nichts ausmachen! Und Mo ahnte, dass sein Bruder unter dem Helm nicht sah, wie nah er am Abgrund war. »Jonathan!! Was machst du da??!!« Blitzartig vertrieb der Schreck den Schwindel aus Mos Kopf.

Er rannte zurück ins Schloss, fand den Eingang zum Turm und hastete die Treppen hinauf.

Ganz oben stürmte er auf den Turmgang hinaus.

»Jonathan! Komm da runter!«, schrie er.

Aber sein Bruder schien ihn unter dem Helm nicht zu hören. Er drehte sich zur Seite, ging in die Hocke und machte sich zum Absprung bereit.

Mo stürzte zu ihm und umklammerte seine Beine.

»Nicht springen!!!«, schrie er und stieß ihm von hinten den Helm vom Kopf, sodass der in die Tiefe fiel.

Jonathan drehte sich überrascht zu Mo um, war aber in Gedanken noch ganz woanders.

»Ich kann fliegen!«, jubelte er und sein Gesicht glühte. »Ich bin über die Wälder geflogen! Ich habe alles von oben gesehen. Ich bin durch Wolken gerast. Wie ein Düsenjäger!! Ich will sofort wieder los!« Er drückte Mo von sich weg.

»Du kannst überhaupt nicht fliegen! Hör auf damit!!«, schrie Mo.

»Natürlich kann ich das!«

Doch als Jonathan sich wieder zum Abgrund wandte, hielt er abrupt inne und sein Blick wurde klar. Erschrocken riss er die Augen auf und wich zurück. Dann sah er seinen kleinen Bruder verwundert an.

»Mo! Was machst du hier?! Wo … wo sind wir?!«

»Du stehst auf einer Turmmauer!«

Jonathan entdeckte den Helm unten im Hof und ihm fiel ein, dass er ihn von Schabalu bekommen hatte, bevor der mit Kaja weiter durchs Schloss gerannt war.

»Ich habe den Helm aufgesetzt …«, erinnerte er sich.

Darunter war eine andere Welt zu sehen gewesen. Wie in einem Film war er durch sie hindurchgeflogen!

»Der Helm … er hat mir Bilder gezeigt … er hat mich zum Fliegen gebracht …«

Mo hing an Jonathan wie ein Gewicht, das ihn für immer am Boden halten sollte.

»Ich will nicht, dass dich Helme zum Fliegen bringen … Ich will nicht mehr hierbleiben! Ich will nach Hause! Komm endlich runter!!«, sagte er.

Da sprang Jonathan von der Mauer zu Mo hinunter und nahm ihn fest in die Arme. Er konnte sich nicht erklären, wie er ihn aus den Augen hatte verlieren können.

Und in diesem Moment fragten sich beide, wo ihre Schwester eigentlich war …

Schabalus letzter Trick

Jonathan und Mo fanden Kaja in dem Prinzessinnen-Zimmer des Schlosses wieder. Es gab Spiegel, Schminktische, einen Glitzerthron und sogar eine goldene Hüpfburg. Noch erstaunlicher aber waren die unzähligen bunt verpackten Geschenke, die an silbernen Bändern von der hohen Decke herabhingen.

Kaja schoss mit einem Luftgewehr auf die Zielscheiben in der Mitte der silbernen Bänder. Immer wenn sie traf und eine Scheibe zersprang, fiel das Geschenk zu Boden und Kaja riss die bunte Verpackung auf.

Einen ganzen Geschenkehaufen hatte sie sich schon zusammengeschossen: Schmuck, Zauberwürfel, Schuhe, Gürtel, Schminkköfferchen, Baukästen, Perücken, Hüte, Plastikkronen. Um ihren Hals baumelten funkelnde Ketten und dicke Ringe blitzten an ihren Fingern. Sie trug ein zu großes Prinzessinnenkleid und ihre Füße steckten in Cowboystiefeln.

»Kaja!«, rief Jonathan.

»Guckt euch die Geschenke an!!«, jubelte seine Schwester.

»Ich will nach Hause«, sagte Mo.

»Hä?! Wieso das denn?! Wir bleiben hier! Los! Packt mit

aus!« Kaja stiefelte durch den Raum und zielte und schoss in einem fort.

»Mo kann aber nicht mehr!«, rief Jonathan.

»Hier ist es doch toll! Stell dich nicht so an, Mo!«

Kaja sah aus den Augenwinkeln, dass Mo wirklich ziemlich blass war. Wieso musste er gerade jetzt schlappmachen! In diesem fantastischen Wunderschloss. Hier wollte sie ewig bleiben. Mit Dinosauriern als Haustieren und Schabalu als witzigem Hof-Clown!

Und da kam Schabalu auch schon mit großen Schritten zurück ins Zimmer und trug eine Unmenge weiterer Geschenke
vor sich her, die er mit Schwung vor Kaja ablud.

»DA SEID IHR JA WIEDER! WIE SCHÖN! WIE SCHÖN!«,
rief er Jonathan und Mo zu. »WOLLT IHR AUCH GESCHENKE
HABEN?!« Schabalu sah die beiden mit großen Augen an.

»Ich will nach Hause …«, sagte Mo.

Schabalu beugte sich vor, als hätte er ihn nicht richtig verstanden.

»NACH HAUSE??!!«, fragte er verblüfft.

»Ja«, sagte Mo und Schabalu verrutschte für einen Moment das Lachen.

»WER WILL DENN SCHON NACH HAUSE?? ES GEHT DOCH GRAD ERST RICHTIG LOS!!«

»Ich will aber in mein Bett …«, sagte Mo.

»NIEMAND WILL VON SELBST INS BETT! WILLST DU NOCH MAL ZUM WEISSEN GOLD?«

»… ich will zu meinem Tiger.« Mo dachte an seinen Lieblingstiger, der unter der Bettdecke auf ihn wartete.

»WAS FÜR EIN TIGER SOLL DAS SEIN? IST ER ECHT? KANN ER DURCHS FEUER SPRIN- GEN, KANN ER AUF SEINEM BAUCH TROMMELN ODER WITZE ERZÄHLEN WIE ICH??«

Mo überlegte. Eigentlich war sein Tiger vor allem lieb.

»Er tröstet mich manch- mal«, sagte er.

Schabalu zog seine Mund- winkel noch höher. »HIER BRAUCHT NIEMAND GE- TRÖSTET ZU WERDEN!

HIER GIBT ES NUR WAS ZU LACHEN! LOS! NEHMT DIE GE-SCHENKE! UND DANN KOMMT MIT!! WIR WOLLEN NOCH WAS ERLEBEN!!«

»Ja, genau!«, rief Kaja.

Jonathan rückte sich die Mütze zurecht. »Schabalu«, sagte er. »Wir gehen jetzt wirklich. Vielen Dank für alles.«

»IHR SOLLT ABER NICHT GEHEN!! IHR KÖNNT HIER DOCH MACHEN, WAS IHR WOLLT. IHR MÜSST HIER NIE SCHLAFEN, MÜSST AUF NIEMANDEN HÖREN. IHR DÜRFT HIER DOCH ALLES!!«

»Aber Schabalu! Wir *wollen* ja nach Hause. Also dürfen wir es auch«, sagte Jonathan standhaft und Schabalu war zum ersten Mal sprachlos. Er wischte sich über die Regenbogenbrauen und fuhr sich durchs wirre Haar. Dann wandte er sich verstimmt von Jonathan und Mo ab.

»UNS DOCH EGAL!!«, sagte er zu Kaja. »HABEN WIR EBEN ALLEIN UNSEREN SPASS! WAS WOLLEN WIR MACHEN, WELCHE UNMÖGLICHEN SACHEN?!« Er wollte sie schon am Arm zur Tür ziehen, aber Jonathan hielt seine Schwester am anderen Arm fest.

Hin und her gerissen sah Kaja von Schabalu zu Jonathan und wieder zu Schabalu.

»Und meine Brüder?«, fragte sie.

»VERGISS DEINE BRÜDER! DAS SIND LANGWEILER! DIE MÜSSEN INS BETT!«

Kaja schreckte zurück.

»WIR WOLLEN HIER KEINE SPIELVERDERBER. MIT SPIEL-VERDERBERN HABEN WIR NICHTS ZU TUN!«

Schabalus Worte gefielen Kaja überhaupt nicht.

»SOLLEN DIE RUHIG WEITERJAMMERN. WIR HABEN UNSEREN SPASS!«

»Hör auf, Schabalu!«, rief Kaja. Niemand durfte so über Jonathan und Mo reden. »Meine Brüder sind keine Langweiler! Und vergessen werd ich sie schon gar nicht!«, widersprach sie wütend und machte sich von Schabalu los.

»ABER SIE WOLLEN JA NICHT MIT! ALSO! KOMM SCHON! KOMM! LASS UNS VOM TURM AUS AUFS TRAMPOLIN SPRINGEN! ODER DIE DÄCHER RUNTERRUTSCHEN! DU KANNST AUCH NOCH MEHR GESCHENKE HABEN, WENN DU WILLST!!«

Doch die Geschenke waren Kaja auf einmal egal. Ohne ihre Brüder, nur zusammen mit Schabalu, wollte sie nicht im

Schloss bleiben, das wurde ihr ganz klar und so ließ sie sich von Jonathan zur Tür ziehen.

»NEIN! NEIN! NEIN! WARTET! WARTET!« Schabalu rutschte ihnen hastig in den Weg und schüttelte bestürzt den Kopf. »BLEIBT DA! BLEIBT DA!! ECHTE KINDER!! ICH HABE SO LANGE KEINE ECHTEN KINDER GESEHEN!!«

Er warf die Tür zu und Jonathan, Kaja und Mo begriffen, dass er sie tatsächlich nicht aus dem Schloss lassen wollte.

»IHR KÖNNT NICHT EINFACH GEHEN. WIR HABEN DOCH SO VIEL SPASS ZUSAMMEN!«

Wie wild zauberte Schabalu nun alles Mögliche aus sich hervor. Er hüllte die Geschwister in Seifenblasen, die er aus den Händen pustete, ließ Wasser aus seinen Ohren spritzen und verschleuderte Glitzerregen, während er sich wie ein Brummkreisel um sie herumdrehte.

Dabei merkte er nicht, wie Jonathan die Tür wieder aufriss und mit Mo einfach in den Gang entwischte. Nur Kaja blieb mit ihrem bauschigen Prinzessinnenkleid am Türrahmen hängen und spürte dann, wie Schabalu sie von hinten daran festhielt und versuchte, sie zurückzuziehen.

»BLEIB HIIIIIIIER!«

»Lass mich los, Schabalu!«, rief Kaja.

So schnell wie möglich öffnete sie das Kleid, schlüpfte heraus und rannte, von Schabalu befreit, mit ihren Brüdern durch die langen Gänge, dem Ausgang des Schlosses entgegen.

»LAUFT NICHT WEG!«, hörten sie Schabalu hinter sich rufen.

»Er verfolgt uns!«, keuchte Kaja und warf die schweren Ringe und Ketten von sich, um noch schneller zu sein.

Als sie auf den Hof rannten, sprangen sie über schnarchende Schießbuden- und Märchenfiguren hinweg und bahnten sich ihren Weg an herumlungernden Riesen und Dinosauriern vorbei. Mit letzter Kraft schoben sie den Riegel des großen Tores hoch und stießen einen Torflügel auf.

Dann rannten sie ins Freie und stolperten den Hügel hinunter.

»WAS WOLLT IHR DENN ZU HAUSE!! ICH HAB DOCH VIEL MEHR DRAUF ALS EUER TIGER!!«

Schabalu lief inzwischen auf Händen hinter ihnen her. Erst auf beiden, dann hopste er nur noch auf einer Hand. Schließlich machte er eine Rolle vorwärts und kugelte den Hügel nach unten. Wie ein bunter Flummi sprang er dabei in hohem Bogen über Stöcke und Steine und kam den Kindern immer näher.

»Lass uns in Ruhe, Schabalu!«, rief Jonathan außer Atem.

Da hörten sie hinter sich plötzlich stampfendes Hufgetrappel und eine knarzende Stimme. Und nie hätten sie sich mehr über diese Stimme freuen können als gerade jetzt.

»Stehen bleiben!!!«, befahl der Sheriff.

Jonathan, Kaja und Mo blieben auf der Stelle stehen und

drehten sich um: Der Sheriff galoppierte hinter Schabalu her und das Lasso kreiste über seinem Kopf.

Kurz bevor der rollende Schabalu die Kinder wie Kegel umwerfen konnte, fing ihn der Sheriff mit einem gezielten Lassowurf ein und ließ ihn in der Schlinge zappeln.

»Das war's für dich, du Witzfigur!«, schnaubte er und sein Pferd wieherte vor Freude. »Du hast es mal wieder zu weit ge-

trieben! Du kommst ins Gefängnis. Ich buchte dich ein!« Der Sheriff ritt in einem großen Kreis um Schabalu herum. »Der Spaß ist aus! Du verdrehst keinem mehr den Kopf! Ich werde das Schloss beschlagnahmen. Ich lasse das Karussell abreißen! Den Festsaal gleich mit. Feuerwerk und Puddingschlachten sind ab heute verboten! Und auch die kleinste Schießbuden-figur schick ich in ihre Welt zurück! Hast du das gehört?!«

Schabalu vergaß augenblicklich, sich weiter um die Kinder zu kümmern. Der Auftritt des Sheriffs brachte ihn zum Lachen. Ja, es schüttelte ihn richtig durch.

»OJE, OJE! DER SHERIFF WILL MICH EINBUCHTEN!« Er nahm die Hände hoch, als würde er sich geschlagen geben.

Dann drehte er sich noch einmal zu den Kindern um. »ABER DAFÜR MUSS ER MICH ERST FANGEN«, raunte er ihnen zu. »HIER KOMMT MEIN LETZTER TRICK FÜR EUCH!«

Er fing an, vor dem Sheriff he-rumzutänzeln und sein Lied zu singen.

»SCHABALABALI, SCHABALABIDIBUH,
ICH BIN DER GROSSE SCHABALU.
HIER IM SCHLOSS BIN ICH DER BOSS,
OH YEAH,
UND BESTIMME GANZ ALLEINE,
WAS ICH TU …«

In diesem Moment pustete er alle Luft aus sich heraus, bis sein Bauch zu einem schlaffen Ballon zusammengeschrumpft war und die Lasso-Schlinge an ihm abrutschte wie ein zu großer Gürtel. Mit einem frechen Hopser sprang er über das Seil, holte wieder tief Luft und kugelte so dick wie eh und je weiter den Hang nach unten.

»Das darf doch nicht wahr sein!!«, schrie der Sheriff außer sich. »Na warte! Ich kriege dich! Noch einmal entkommst du mir nicht!«

Sein Pferd machte einen wütenden Luftsprung und wollte Schabalu schon nachgaloppieren. Aber der Sheriff hielt es an den Zügeln zurück.

»Hab ich euch nicht vor Schabalu gewarnt?!«, rief er den Kindern zu. »Das habe ich! Ich sage euch zum letzten Mal: Geht nach Hause. Nach Hause, verstanden?!« Er zeigte auf die andere Seite des Hügels. »Folgt den Schienen! Die führen euch zum Tunnel! Dahinter ist der Ausgang! Viel Glück, ihr Halunken!«

Dann gab er seinem Pferd die Sporen und jagte Schabalu den Hügel hinab, im Zickzackkurs wie eine Katze die Maus.

»Bleib stehen, du Lachsack!«

»FANG MICH DOCH, DU MOTZWURZEL!«

»Heißluftquatscher!«

»HOLZWURMFRESSER!«

»Plastikpupser!«

So ging es immer weiter, bis sie in der Ferne verschwunden waren. Und so würde es wohl auch immer weitergehen …

Endbahnhof

Kurze Zeit später liefen Jonathan, Kaja und Mo durch den alten Eisenbahntunnel. Sein Ende war schon in Sicht und Kaja betrachtete im Dämmerlicht den letzten dicken Ring, den sie noch am Finger hatte. Sie war froh, wieder Kaja und keine Prinzessin mehr zu sein. Nur diesen einen Ring, den wollte sie behalten.

Sie holte Schabalus Plastikblume aus ihrem Haar und schenkte sie Mo.

Die Blüte roch nach nichts, stellte Mo fest. Aber sie war bunt und schön. Er würde sie aufhängen. Neben dem Bett. Und dann würde er seinem Tiger von Schabalu erzählen, und von der Puddingschlacht, und der Maschine im Keller, und dem süßen Saft in den Kesseln. Und auch davon, wie schlecht ihm geworden war …

Als sie aus dem Tunnel herauskamen, sahen sie den Endbahnhof vor sich und ein Stückchen weiter das Ausgangsschild über einem eisernen Tor.

Sie blickten zurück auf die Spitzen der Schlosstürme und das

Karussell. In der Ferne schwebten auch die Gondeln des Riesenrads über den Baumwipfeln und bewegten sich langsam im Wind ... wie friedlich wieder alles aussah!

Nur das Schimpfen des Sheriffs und Schabalus Kichern glaubten die drei noch zu hören.

Dann kletterten sie über das Tor.

Immer wieder drehten sie sich um, während sie sich vom Park entfernten. Auf einem großen Bild über dem Ausgang winkte Schabalu ihnen hinterher und zeigte sein breitestes Lachen.

»Schabalu hat echt einen Knall«, sagte Jonathan und konnte immer noch nicht fassen, dass er fast von der Mauer gesprungen war. Wenn er daran zurückdachte, zog es ihn im Bauch, wie vorhin beim Blick in die Tiefe.

Dann fiel ihm Schabalus Pudding-Arschbombe ein und er musste lachen. »Lustig ist er aber auch!«

Als hätte der Sheriff ihn gehört, pikte ihn etwas am Kopf. Jonathan nahm die Mütze ab und fand seinen Hilfssheriff-Stern wieder, der noch darin steckte.

»Wirft der Sheriff Schabalu jetzt für immer ins Gefängnis?«, fragte Mo.

»Glaub ich nicht. Der kriegt ihn sowieso nie«, sagte Kaja und legte die Arme um ihre Brüder. »Diese Motzwurzel!«

»Also *ich* mag ihn!«, sagte Mo. »Schabalu und der Sheriff müssten sich nur besser miteinander verstehen.«

Und darüber waren sich alle drei einig.

Der Park war inzwischen hinter Bäumen und Büschen verschwunden. Bestimmt würden sie eines Tages wieder über den

Zaun klettern, um noch eine heimliche Fahrt auf dem Riesenrad zu machen oder doch noch durchs Tigermaul der Achterbahn zu klettern.

Von Schabalu und seinem Schloss aber hatten sie erst einmal
genug. Jetzt wollten sie sich nur noch zu Hause unter der Bettdecke verkriechen und in aller Ruhe über die unglaublichen
Dinge sprechen, die sie zusammen erlebt hatten.

Danksagung

Besonders danken möchte ich:

Meiner Frau Angela, die immer erste Lektorin meiner Bücher
ist und sie mit ihren klugen Ratschlägen und Gedanken ganz
wesentlich bereichert.

Hade und Wolfgang, meinen Eltern, für ihre große Anteil-
nahme und die intensiven Gespräche, die mir sehr geholfen
haben.

Meinen Freunden Katinka, Thomas und Andi, mit denen es
eine Freude war, über Schabalu zu sprechen und zu lachen.

Judith Ruyters für ihren genauen Blick und ihre Anregungen.

Bettina Körner-Mohr, der Lektorin meiner Bücher,
Katharina Ebinger und dem gesamten Thienemann-Team
für ihren großen Einsatz und das Vertrauen in mich und
meine Arbeit.

Oliver Scherz, geboren 1974 in Essen, ist Kinderbuchautor und ausgebildeter Schauspieler. Er hat das Schreiben für Kinder mit der Geburt seiner Tochter für sich entdeckt und lässt sich seitdem immer wieder aufs Neue vom eigenwilligen, fantasievollen Blick von Kindern auf die Welt überraschen und beflügeln. Wenn er etwas von ihrer Lebensfreude und Unverstelltheit in seinen Büchern wiederfindet, hat er das Gefühl, dem Wesentlichen ein Stück näher gekommen zu sein. Oliver Scherz lebt mit seiner Familie in Berlin.

www.oliverscherz-autor.de

Daniel Napp, 1974 geboren, studierte in Münster Grafikdesign. Schon während seines Studiums wurde er mehrfach ausgezeichnet. Er arbeitet als freier Illustrator in einer Ateliergemeinschaft in Münster und hat bereits zahlreiche Bilder- und Kinderbücher illustriert. 2008 erhielt er für sein Buch »Schnüffelnasen an Bord« den »Paderborner Hasen«.

Von Oliver Scherz bereits erschienen:
Wir sind nachher wieder da, wir müssen kurz nach Afrika
Ben.
Ben. Schule, Schildkröten und weitere Abenteuer
Keiner hält Don Carlo auf

Weitere Titel von Oliver Scherz und
mehr über unsere Bücher, Autoren
und Illustratoren auf:
www.thienemann.de

Scherz, Oliver:

Wenn der geheime Park erwacht, nehmt euch vor Schabalu in Acht

ISBN 978 3 522 18445 8

Gesamtgestaltung: Daniel Napp
Einbandtypografie: Sabine Reddig
Innentypografie: Bettina Wahl
Reproduktion: HKS-artmedia, Leinfelden-Echterdingen
Druck und Bindung: Livonia Print, Riga

© 2016 Thienemann
in der Thienemann-Esslinger Verlag GmbH, Stuttgart
7. Auflage 2018